U0116876

说?

NO!

今天开始 不困惑

◎周源 编著

教科书?

怎么可能!

它不但能带给你**小说一样的轻松**，**教科书一样的收获**，还能让你在领略过**漫画的爆笑**之余对人生有所感悟。白领们，带着你的心理困惑，翻开这本不一样的**心理自助书**吧!

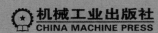

机械工业出版社
CHINA MACHINE PRESS

家庭、职场、亲情、爱情、友情，职业困惑、人生规划，青春迷途、中年危机……各种滋味，只有身为白领的你最能体会。本书以轻松的文笔和鲜活的故事塑造了一个又一个白领形象，为你展现每一个表象下的心理困惑，并结合心理分析为你从认知和行为角度提出解决方案。你将学会如何面对这些心理危机，进而笑傲职场、笑对生活。

图书在版编目（CIP）数据

今天开始不困惑 / 周源编著.--北京：机械工业出版社，2011.6

（白领心理自助系列）

ISBN 978-7-111-34725-5

Ⅰ.①今… Ⅱ.①周… Ⅲ.①心理保健—通俗读物 Ⅳ.①R161.1-49

中国版本图书馆CIP数据核字(2011)第089864号

机械工业出版社（北京市百万庄大街22号　邮政编码100037）

策划编辑：谢欣新　责任编辑：谢欣新　陈逍雨

版式设计：陈　星　责任印制：乔　宇

北京汇林印务有限公司印刷

2011年6月第1版第1次印刷

148mm×210mm・6.875印张・165千字

标准书号：ISBN 978-7-111-34725-5

定价：26.80元

今天开始不困惑

PREFACE
前言

  我每天都会面对不同的来访者。不同的着装，不同的性格，不同的气质。但是有这样一个群体，他们身上有着或多或少却相当明显的共同特征，他们就是白领。他们带着不同的问题与我交流、向我寻求帮助，困扰他们的问题都与他们身处的职场有直接或间接的联系。

  我是心理咨询师，但我也是一个普通人，一个和他们一样正在职场搏杀或纠结于生活琐事的白领，只是我的职场要求我更多地在工作中成长，以更平和、包容的心态去尊重和帮助每一个来访者。我端详他们的外在，捕捉他们的情绪，倾听他们的诉说，包容他们的喜怒哀乐。不作任何评判，只探寻究竟。在为他们分析问题的同时也引导他们能够在分析的过程中试图找到属于自己的解决办法，助人自助是最好不过的结果。

  书中的每一个故事都以案例的形式介绍了来访者正在经历的困扰，也初步分析了一些他们的叙述方式或者表情动作所蕴涵的心理意义。同时也希望借此给读者一些引导，即与人做面对面交流时能把握一些隐含的心理信息，以期更好地达到交流目的。案例介绍之后是对问题的剖析，从求助者的个人成长生活经历、个性养成以及社会文化背景等角度浅析心理问题形成的原因。最后从认知和行为的角度，给具有个案特征的求助者提出解决方案。同时也给具有相似困扰的读者一个启示，让读者通过之前的案例，对自己的心理信息有所把握，接下来对自己的困惑尝试着进行分析，并结合简单易行的方法进行自我救助。同时也希望读者能感受到心理咨询师对来访者尊重宽容的态度，在你学习心理自助的同时，也能以这样包容而柔软的心态善待你周围的人，这能让你体验到更广阔明亮的心境。

CONTENTS 目录

CONTENTS 目录

第一章

职场遭遇危机
你要如何应对

ZHICHANGZAOYU

WEIJINIYAORUHE

YINGDUI

LVZHANLVBAIQIUZHIGUAN
SHEJIAOKONGJUCHENGZHANGAI
|屡战屡败求职关 社交恐惧成障碍|

在给叶薇做第一次咨询前，同行Sandy向我大概介绍了她的情况：
"女性，举止似乎过于拘谨，话不多，始终低着头，无人陪同。"语
毕，像是忽然想起了什么，又像经过许久斟酌，转过头，意味深长地
对我说了一句话："她不愿意动笔留下自己的名字及联系方式。"

最后一句话触动了我。是的，不是不愿意留下自己的信息，而是
不愿意自己动笔。

结合Sandy反馈的情况，这个"不愿意动笔"的动作似乎被赋予了
一些特殊而典型的意义。他们不愿意，或者说，他们没有能力在公众
场合或者某些特定场合表达自己，因为这会让他们感到窘迫、紧张，
甚至恐惧。

这类求助者走进咨询室，首先面对的问题就是，如何与咨询师建
立哪怕最简单的社交关系。

反复琢磨Sandy提供的几个重要信息，似乎典型，似乎又在暗示着
什么与众不同的特征。我该如何面对这样的求助者？之前接手的类似
案例是不是得回顾一下？因为这类求助者其实并不太有意愿主动走进
咨询室，那是从第一步开始就需要面对脆弱的一种巨大勇气。或者她
所面临的，并非单纯的我所猜测的问题？那么我面对的将是一个怎样
的求助者？

滴答，滴答。桌上的钟有条不紊地走着。

也许最近棘手的问题太多，加之Sandy意味深长的那句话，让我的思绪凌乱而冗杂。忽然转念间，不禁哑然，我是怎么了？在未接触求助者前，竟然如此主观地胡乱猜测。

浓郁的咖啡香气将我拉回记忆中……

六年前，我获得心理专业硕士学位，并考取相关执业资格证。我始终告诫自己，学校环境毕竟与社会环境有所区别。可是，最坏的结果仍然出现了——我无法找到满意的工作！

我素来对自己要求严格，加之频繁遭遇挫折，于是我逐渐地把思维的焦点落在对自身能力的评估上，我开始质疑自己。我最强烈的体验是，每当走进面试考场时，与向他们展现我拥有的才能以及对这份工作所具备的资格相比，更多的是窘迫和紧张，我害怕他们看到，对于这份工作的要求我缺乏什么，我不具备什么，我做不到什么。

我更多地关注到我的"缺点"。于是我的面试表现逐渐从自信表达走向拘谨窘迫。

那个时期的最后一次面试，我无法在求职登记表上写下自己的名字。是的，我当时无法抑制一个消极的意识和一种恐惧的情绪，它们让我呼吸急促，手心直冒冷汗还止不住地微微颤抖。我的字写得好吗？在别人眼里我应该是个连字都写不好的家伙吧？这样的我有什么资格去争取一份工作呢？

那一次，我带着空白的表格离开了那家公司。

我找到了我的导师，我什么也没说，只是沉默地把那张空白的表格放到他的面前。他平静地说了一句话，你能来向我求助，很好，真的很好。我当时并没有意识到导师这句话的真正含义。

第二天，导师电话通知我，要我与他参加一个面试。学院需要一名文员负责文字工作，而我要以面试考官的身份考察前来应聘的

人员。

　　也许我明白导师这样做的目的，我其实并没有资格作为面试官，但是我需要体验站在这个位置上，我会如何做，我会如何想，有何感想，做何评判。

　　至少让我暴露于我所逃避的环境，用自身的力量抗击那个在我的想象中诞生的，让我恐惧的"魔鬼"！

　　是的，那个"魔鬼"就是我自己！

　　我依然战兢着，尽管我坐在面试官的席位上。我不断告诉自己"我是考官，我是考官"，再配合腹式呼吸调整状态。情况似有

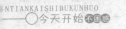

好转。

　　伴随着稍有减弱的恐惧，我逐渐看清了坐在我面前的应聘者们。我眼前的他们，似乎每一个人身上都有我曾经的影子，自信的，活跃的，紧张的，退缩的。但是无论怎样变化，每一个"我"都像一只被牵着线的风筝，"我"的情绪，"我"的思维，已经逐渐失去了自我的控制，左右于坐在"我"对面的考官们。以他们给"我"下的结论不断反省自己，否定自己。他们认为"我"不适合这个岗位，"我"就给自己归结出诸多"缺点"，并放大那些或有似无的"不足"。

　　显然，我在评估自己能力、判断自我价值的时候忘了告诉自己，我再好也不可能完全符合对方的要求，我再不济也不能说明我不是一个人才。我不仅需要在每次失败的面试中，发现自己仍然需要学习的地方，同时也要明白这仅仅是需求与被需求之间的不匹配，而不能单纯定义为不被这个职位认可，完全是因为自己不行。

　　或者可以简单解释为，这个工作需求的人才是方的，而我是圆的。不适合，仅此而已。

　　作为面试官的每一场面试都一步步印证并坚定了我对自己的反思。比如我们需要招聘一名图书管理员，这份工作对从业者的要求除了有相关专业之外，更多的是对自己得有一定的了解。你可以不了解这份工作有多机械，多枯燥，但你得明白你自己是否是个耐得住寂寞，并且热爱图书的人。应聘人员中不乏优秀的人才，但是当这些太年轻的求职者谈论职业规划时，更多让我看到的是不够沉着，稍显躁动，但毫无疑问这些特质在营销策划工作上却可看作激情与活力。坐在这个位置上，我似乎看得更透彻，你有你的能力，我有我的需求，你可以在需求与被需求的磨合中更多地了解社会，认识自己。这是一个学习的过程，不是谁给谁画叉，谁能给谁打勾的问题。

　　以考官身份参加了几场面试后，导师告诉我，接下来的几场，我要以旁观者的身份参加，并在过程中做好记录。于是我带着笔记本坐到了考官与求职者的中间，我观察着他们的一来一往。几场面试下来，导师与我谈及感想，我翻看了记录，从起初的详尽细致到最后的寥寥数语。我诚恳地告诉导师，我以为我能以旁观者的角色收获一些不同的信息，但是我只有一个简单的感受，今天的面试，就是今天的事，无论今天发生什么，我们明天还将继续走该走的路，别人不是在否定我的能力，而我也没有资格给自己的职业道路画上充满恐惧的句号。无论求职者还是面试官，都是在平等地对话，尊重着对方的表达。这只是求职道路上的其中一页，也只是人生道路中的一步。很重

要，却也没什么大不了。

导师微微一笑，说，明天，你是求职者。

我知道这一天迟早会再来到。我告诉自己我是可以做到的，我只要勇敢地表达自己就足够了。

我逐渐从对面试的恐惧和挫折的阴霾中走出来，但我仍有担忧。我既是如此，我将来何以面对我的求助者。导师做了个颇有意思的比喻，魔法师获得了破解魔咒的方法，代价是交付自己被这种魔咒诅咒时的解除能力。于是每学会一种破解方法，魔法师会多一点暴露在危险中，那么对魔法师自身的抵御能力要求会越来越高，魔法师毕竟能力有限，总会有自己的软肋。但是魔法师不能解除自己的魔咒，却能要求别的魔法师来替自己解咒，所以魔法师之间比普通人更需要彼此。他握着我的手说，也许有一天，我会需要你的帮助。我用力地握住了他的手。

时隔一周，叶薇来访，她的头始终低着，手不停地绞着衣角，我想无论这个女孩的问题多复杂或多么与众不同，我都应该给予更多支持的声音，从鼓励她勇敢地走进咨询室开始。

HOUYOUZHUIBINGQIANYOUHU
JIAOLVJINXINGSHI
|后有追兵前有虎 焦虑进行时|

芷静的签名又改了：我确定，我患上了焦虑症！

自打我注意到她的签名后，我发现这姑娘的签名始终处于活跃状态，就没一刻消停过。最让我喷饭的一次签名是：公司楼下的蒜拌臭豆腐真是人间美味，使劲打了十几个嗝，希望颊齿余香能与同僚们共享！

这两个月来，她的签名从"我很担心"到"我有些焦躁"，再到"我焦虑了"，直至最后给自己诊断为："我确定，我患上了焦虑症！"

芷静的性格恰好与她似水般温柔的名字南辕北辙，活泼外向而有些急躁。这样性格的人比较容易为一些琐事着急上火，容易出现焦躁的情绪，但是性格外向的人无论正面或负面情绪都来得快去得也快。相比之下，敏感多疑自卑内向的性格更容易引发焦虑的情绪，并持久影响个体。他们性格压抑，遇到消极情绪会有意自我克制，不表露内在真实感受，使得消极情绪长久淤积心中，从而导致严重的心理障碍。

可芷静究竟是如她所说的焦虑症，还是简单的焦虑情绪而已？

我点开了她的头像，跟她打招呼："姑娘，最近可好啊？"

她立刻回复："你没看到我的签名吗？"接着又发来了一条：

"你瞧瞧我，怎么把你这大心理咨询师给忘了！火速赶来我家，给你做好吃的，顺便帮我解决问题。"

坐在被她布置得花红柳绿的厨房兼餐厅，我热火朝天地吃着她的酸辣鱼头汤，看着芷静眉飞色舞地讲述如何艰难求师学艺终于弄到这道绝世美味的独门秘方，实在让我无从和她探讨她的"焦虑症"。还好，在饭后吃果盘的时候，芷静"顺便"向我谈及了她的"焦虑症"。

"我觉得所有的问题都起源于那次小小的升职。进入这个公司后，我的人缘还是不错的，不管是和新进职员还是平级同事甚至上级领导我都能相处得游刃有余。那次一个小部门的主管辞职，暂缺人选，大家都有资格参加竞聘，那我当然也去参加了。"说到这，芷静往嘴里丢了一颗草莓，略带得意地说"那一次我的表现可是赢得了绝大多数高层的认可哦，我可真的没有想到自己还有这方面的才能，"她吞下草莓接着说，"你知道的，我从小就不太注重什么才能的，只是公认的人缘好。呵呵，没想到还能有这样的收获。"她转而又捡起一颗草莓，只是没有欢快地往嘴里扔，而是小心地一点点撕着草莓上的叶子，语调开始略微低沉，"可是，好像就是从那时候开始，我学会注意自己的能力，开始关注自己还能做什么，能做到什么程度，还能不能做得更好。"她把那颗被她"蹂躏"得有些乱七八糟的草莓重新放回果盘。"好像我变得越来越小心，谨慎。我担心自己做得不好，不能达到别人的要求，我更担心周围人发现我没有能力做好这份工作。"

她突然抬头，我才看到她眼里已经有些泪水，她继续说："你知道吗，那些原来和我要好的同事都变了，我觉得他们每天都在紧盯着我的工作。所以，每当我想到那么多双眼睛在监视着我的工作时，我就会心慌、烦躁、焦虑，有时候还会胸闷、思维混乱，不知道自己

在想什么，真的很乱……"她像是自言自语，"你看，就像我现在这样，很乱，我都不知道我在说什么了……"

我握住她的手，对她微微一笑，"芷静，看着我，跟着我做几个动作。先盘腿坐在地上，闭上眼睛，用鼻子长长地吸一口气，用力吸。对，直到不能再吸为止。好，再慢慢用嘴巴吐气。很好，你做得很好，再重复做几次。"

芷静睁开眼睛，显得有些虚弱地对我笑了一下，说："嗯，感觉好些了，真不知道自己怎么会那样，好累，像打了一场仗一样。"

"芷静，你这样的情况经常出现吗？"

"好像是第一次，不知道是不是因为见你的缘故，特别想把这种压抑全部告诉你，太着急了，"她歪着头想了想，"但是那种焦虑的感觉大概有两个多月了，这种感觉慢慢地，出现的次数越来越多，可能是因为我发现了越来越多需要注意的问题吧。"

"就是说出现的时间不算长，次数越来越频繁。然后你自己解释为，发现了自己越来越多需要提高的地方，而这也是因为你觉得他们对你投入了越来越多的关注。是这样吗？"

"嗯，是的，没错。"

我接着问："那你出现这样的感觉，就是焦虑烦躁的感觉，是无缘无故的吗？比如突然工作到一半，甚至走在路上，或者刚才你热情洋溢地给我做饭，这种情景下，你会突然有那种感觉出现吗？"芷静白了我一眼，"你是对我刚才的酸辣鱼头汤有意见吗？我要那会儿突然焦虑烦躁，我还不把一包胡椒和一整罐儿酸辣酱全给倒进去！"

"呵呵，我的意思是，你不会无缘无故地产生这种情绪。"

"那当然，通常都是在工作中碰到问题的时候，或者是在向上级领导提出我的观点的时候。或是，那些我觉得经验不足的同事给我提意见的时候。"

"嗯，'经验不足的同事'，"我停顿了一下，"你以前会觉得有经验不足的同事吗？比如，针对某一个人，在你升职前，你对他的评价如何，与现在的评价一样吗？"芷静喝了一口水，用手支着下巴，满脸疑惑。略有思考后说道："以前我对洁依，哦，她是我们公司今年的新职员，刚毕业，还是研究生呢。我可喜欢她了，觉得她是个活泼开朗的女生，我们还经常一起逛街！"说到这，芷静叹了口气，接着说："经你这么一说，我发现，好像自从我升职后，她开始用研究生的学历来和我作比较，对我紧追猛赶的。她一定认为我没她那么高的学历凭什么坐到主管的位置。对，还有我的领导，之前我们总是能相谈甚欢，可是现在我觉得他好像担心我会跟他作对抢他的位置，总是防着我，还经常摆脸色给我看……"说到这，芷静懊恼地甩甩头。

首先可以确定的一点是，她没有无缘无故地产生焦虑，而是在碰到让她感到压力的情境时才会产生这种焦躁的情绪。那么她这种情况只是一种无法摆脱的焦虑情绪而已，并非焦虑症。

芷静自己也发现，她对别人评价的改变，都是在自己升职之后。我们当然可以认为周遭环境会因为芷静的升职而有所改变，但是我想更多的"改变"是芷静自己。首先是她自己心态的改变，接着影响了她对周围同事的看法，使得周围的同事"被改变"。

芷静本身不是一个对事业有太多规划和雄心的人。在她原先的认知体系中，每个人都不是作为竞争对手或者合作伙伴的角色存在，更多的是作为朋友。在她无意中获得工作上的肯定后，她开始关注除了"人缘好"之外的能力，她开始意识到自己不但可以与人友好共处，还能得到更多的能力上的认可。而这个认可，是她以前从来没有考虑过，也从来未曾得到过的，可以增加她自身价值的砝码。人有一种与生俱来的本能，让自己更好，得到更多人喜欢，更多人认可。对芷静而言，她对这个相当有分量的认可砝码，变得过分重视，导致她产生了患得患失的想法。

也正是这样的患得患失让芷静不但开始过分在意自己是否走好了每一步，每一项工作是否做到最好，更让她无意间"妖魔化"了周围的同事们。用她的话说就是：一个个全是"披着羊皮的狼"。曾经的美好过去的关怀，都变成了现如今蓄意已久的篡夺，或是伺机而动的反扑。我们当然不能毫无心机地美化残酷的竞争环境，但也实在没必要捕风捉影给自己树敌，这么草木皆兵的毕竟折腾的是自己。

她其实可以这么看这个问题：升职是自己能力所致，既然能力所致则可安然受之。能坐在这个位置上，自然有坐在这个位置上的能力，但是也理所当然的有需要学习的东西。对你虎视眈眈的人确实会关注到你做得不够的地方，那就谢谢那些想方设法抓你小辫子的朋友吧。他要不使劲儿揪你小辫子，等辫子长了，你自己绊着一跤摔下去，不知道要什么时候才能爬得起来。但是，学无止境。不要用自己学不到的，学不了的东西苛责自己。在其位谋其政，有取舍，懂张弛。

"芷静芷静，只叹流年，静定如水。"我感慨道。

"又弄我一身鸡皮疙瘩！你个文艺老青年！"芷静一边说一边呵呵笑。

在我离开芷静家之前，慎重向她申请，尽快把厨房那花红柳绿的装修改一改，坐在那里喝酸辣鱼头汤的时候，我也满心焦躁。

芷静翘起兰花指，一点我额头柔声细气地说："行，听你的，换成温柔的淡蓝色。"

换我起一身鸡皮疙瘩……

ZHOUYIZHOUWUZONGHEZHENG
LANDUOYANFANKUNRAONI
|周一周五综合征 懒惰厌烦困扰你|

今天是周一，苏菲咨询的日子。

她找我做咨询的时间并不长，但是很有规律且相当守时。作为咨询师我喜欢遵守约定的来访者，便于在合理的时间段内了解和把握求助者的情况。但是苏菲，这样的规律和守时正是让她苦恼的问题。

八点一刻，苏菲坐在我对面的沙发上，小口啜饮咖啡。和其他上班族相比，每周这个时候的苏菲总是满脸倦容，甚至有时候只是静默，似乎没有打不开的心结而只是简单的疲惫。苏菲告诉我，她觉得自己不是简单的心理问题，而是生理问题，因为头痛出现的频率提高了，血压似乎也有升高的迹象。她一边递上自己的健康报告，一边哀叹自己早逝的春华，一边愁容满面却又似乎带着些许期待地筹划，如果因为身体原因被公司解雇的话，自己该干点什么可以不需要一大早早起工作，比如在夜市摆个小摊什么的，自顾自地念叨着这些有的没的，还一边傻笑。

我说："苏菲，你是因为什么笑呢？笑自己荒唐的想法，还是真的有所期待，或是别的原因？"

苏菲说："你看，我穿着套装，如果这个模样在夜市卖炒瓜子……哈哈哈哈，一定很滑稽。"

"意思是你不排除自己会辞掉目前工作的可能性，因为你看上去能接受其他工作，至少不是全然地忧心自己会更换目前的工作。"

"有时候事情的发展并非完全能靠个人左右的，不是吗？您看，我每个周一都要到这里来待上一会儿才能稍微有精力走进公司，可能我对这份工作已经没有激情和热爱了吧，那么换份工作，未尝不是一个好的选择。"

"你的意思是，你是因为对目前工作失去了激情所以才会这样疲惫，提不起精神进入新一周的工作？可是你这样疲惫的情况似乎只有在周一才出现，我记得你曾经说过的。是这样吗？"

苏菲陷入了沉思，缓缓道："我确实一直向往从事这样的时尚类工作，并且现在也做到了，可我为什么会有疲惫感呢？"我接着她的话，再次强调"周一的疲惫"。看着她若有所思的眼神，聪慧的她，不需刻意把问题严重化。

周五，苏菲再次咨询的时间。是的，苏菲一周固定来找我做两次咨询。

与周一相比，此刻坐在沙发里的苏菲，脸上除了疲倦，更多的是烦躁。她左手支着额头，右手配合着表达不停地在空中挥舞，就像要赶走那些让她倍感难受的情绪。

"我记得您跟我强调，我周一感到疲惫，我发现周五除了疲惫还会特别烦躁。不会是什么奇怪的毛病吧，专门在周一和周五找上我！"

"很好，你自己发现了会在周五出现的问题，并且，它和周一的反应有所区别，对吧。"

苏菲有些恼怒地用手指梳理自己的大波浪卷发，回答道："我不能一直这样持续下去吧，这样我真的会丢了工作的！"

"看来，你并不像自己想象的那样可以洒脱地换份工作啊。"

"我想是的，我想……嗯，我觉得，那只是我的一种……"

"防御"，我接下她的话，"人通常会对自己太在乎的、不确定能长久拥有的东西选择回避，这样能相对减少伤害。这是一种防御。"

"也许吧，我真的很喜欢这份工作，可是我不能让这样的状态继续下去，我也不知道自己怎么会出现这样的状态，我到底怎么了？！"一连串的思索，让苏菲稍显暴躁。

我想，是时候引导她梳理自己的问题了。

现在，不少白领出现类似苏菲的情况。在度过周末之后，"周一综合征"最典型的特征就是，感到特别疲惫，精神涣散，对什么事都提不起劲。大部分人的自述症状是头痛，四肢无力，也有人会出现像苏菲那样血压升高的情况。出现这样的情况大部分是由于经历了一周紧张的工作之后，会在周末打乱日常生活作息规律，过度地玩乐或者补眠，突然地加强或减弱了精神活动强度，导致机体免疫力下降。周一来临时，神经系统无法适应工作强度。按照巴普洛夫的"动力定型"原理，解释为旧的动力定型被破坏，而新的动力定型未能在短期内建立而造成的"混乱"。

在一周即将接近尾声时，出现了"周五综合征"。与周一综合征相比，除了一星期工作带来的疲惫，还有烦躁，难以集中注意力从而导致工作效率下降。如果说周一的疲惫感是由于动力定型的混乱，那么周五的疲惫则是由于经历了一周繁忙紧张的工作，生理与心理都承受着同样的压力。烦躁的原因可能是由于一头是仍旧堆积如山的工作，一头是急切等待好好放松消遣的周末，等等诸如此类的矛盾导致情绪躁动。

其实不管是周一或是周五综合征，白领们首先要注意的就是生活方式和生活节奏上的把握，不要因为是周末就过度地放松或是玩乐。尤其周日，不要给自己安排过于兴奋的活动，让自己有足够的心理缓冲时

早上到处瞎晃。

下午会友繁忙。

晚上HIGH翻全场。

周末活动安排过度，周一综合征来袭。

期，才能提高周一的应对能力去面对高强度的工作。如果新的一周要做具有相当难度的工作或学习的话，最好在周日能稍作预习和安排，让自己在心理上具备一定程度的适应能力。

由不适当生活习惯引起的心理效应可以通过适当的行为调节使一些问题得以改善。但是周一周五综合征多发生在女性身上，不难看出女性所面临的现状以及惯用的思维方式也是导致某些心理问题发生的因素。学会以乐观积极的心态应对社会压力是职场女性要学习的重要一课。

我给苏菲开了张单子：

周六：不管是需要休息还是与朋友聚会都要注意拿捏尺度，尽量多参加户外活动。

周日：建议尽量避免安排太刺激的活动，以轻松休闲方式为主度过周日。饮食方面要多吃新鲜蔬菜和水果，避免进食过于油腻或不宜消化的食物，减轻胃肠负担，为周一做好准备。如有需要，最好对周一工作做个大致整理安排，以免周一突然进入高强度工作状态而无法适应。

周一：如果可以，不要安排太多工作，尤其要谨慎做出重大决定。

周二：状态逐步恢复，注意劳逸结合。

周三：有些人会在周三进入最糟糕的状态，因为最低落的周一过去了，最期待的周末却还有两天，所以周三要注意情绪调节，坚持体育锻炼，保持机体的神经兴奋度。

周四：脚踏实地完成今天该做的工作，切忌堆积到周五完成。

周五：不宜过早计划周末活动，以免松懈该完成的工作，适度安排好工作与休闲。

PS：无论面对什么，请首先微笑着告诉自己，无论好坏，不管成败，没什么大不了的。

苏菲接过单子，对我明媚一笑："我的问题解决之后，我还能经常找您聊聊吗？"

乐意之至。

GONGSIGUANLIHENHUNLUAN
YUELAIYUEMEIANQUANGAN
|公司管理很混乱 越来越没安全感|

认识安可是在一个很偶然的机会。

大雪封山，铁路中断。我们被困在一个小站内，安可坐在我身边，一副昏昏欲睡的模样，浑然不觉被围困是件多么让人焦急的事情。所以起初，我以为她是一个行者，能安然于任何所到之处。铁路快通车时，我将她摇醒。她揉揉惺忪睡眼问了一句："到家了？"

在后来的旅途中我们成为了朋友，我们都以为彼此将是那种真正意义上的生命里的过客，只此一次，终成回忆。她到最北方探亲，我中途下车访友。

一别数载。真的没有想到会再见面，依旧是一个小站。站内只有我们两人和一个值班的大姐。残阳薄晖，轻裹在斑驳的椅子上，别具驿站情调。

安可说这趟是回家，自己已经在北方工作好几年了。她兴致勃勃地聊着生活趣事，谈及工作时，却见她幽幽叹了一口气。

"有烦心的事情？"

"嗯，是的，烦恼一段时间了。"她用力向上伸长手，然后把手垂下，又长长叹了一口气。

"看来还不那么容易解决。"我看着她，抬抬眉毛。

"对了，我记得上次你说你是心理……医生？"她不确定自己的记忆是否有误。

"心理咨询师。不同于医院里的精神科医生，比如说他们有处方权可以开药，我们不能。有没有能帮得上你的？"

安可兴奋地抓住了我的手，喟叹我俩缘分如此奇妙，看来我注定是她的福星。安可说，自己会辞职去北方工作并不是一时冲动，是看好了那个大城市里比小地方机会多。但这个不是最主要的原因，如果自己所在的公司好，能让自己安心工作，安心发展，她是真的不打算再回去了。可是家里一直找各种理由希望她回去。

"公司有什么问题呢？"我得区分究竟是公司真的不好，还是她

"认为公司不好"。

　　"我出来工作这几年，跳过一次槽。"她垂下眼皮"第一家公司是朋友介绍的，所以尽管在里面受了不少委屈但还是坚持做了两年。"

　　"哦，在第一家公司工作你受了什么委屈呢？"

　　"第一家公司好像不懂什么是劳动法，或者说他们根本不在乎劳动法，你爱干不干。经常没日没夜地加班，没有加班费就算了，连工资也拖泥带水的，有时候一连两个月发不出工资，让我们拿公司里销售的山寨电器充当工资。那段时间特别难，白天工作，晚上还要找夜市摆地摊想办法卖掉这些电器，吃饭房租水电什么的都需要钱。"她一口气说完这些让她颇感压抑的回忆。

"确实很难熬。那么现在呢？难道情况还是一样？"看来她的委屈是合理的，并不是无病呻吟。

但是，她的表情看上去似乎是从一个火坑跳到了另一个火坑。

"这个公司虽然没有拖欠工资这样最恶劣的情况，但是也很糟糕啊。进公司之前，合同上写得很清楚五险一金都由公司负责，但是进去后根本不是那么回事，上交的保险金里公司应承担的部分也从我们的工资里扣除。"她的面色逐渐沉黯，"我们也提过意见，但是他们不愁找不到人干活。这个公司好像好多都是裙带关系，什么规章制度都是摆在那做做样子，约束我们这些'外人'的。上次有一个同事好像得罪了老板娘的妹妹，她是负责财务工作的，明明是她的账务没处理好，却说是那个同事想侵吞公司钱财，然后被辞退了。真的越来越觉得没安全感……"她给自己总结了一句。

安可的问题很有代表性，表面上是光鲜亮丽的白领，但是公司不尽如人意的管理却让这些汲汲营生的小白领缺乏职场安全感。

心理学中几大流派都依据自己的理论体系对安全感做过分析。但是最广为人知的还数人本主义心理学中马斯洛的需求层次理论，其中他把安全作为生理需求满足后出现的第二层级需求。他指出安全需求是指安全、稳定，避免遭受恐惧和焦虑的折磨，对安定的生活环境、稳定的法律制度的需求。但是安全是相对的，不安全是绝对的。我们的环境只能为我们提供有限而相对的安全需求满足，由此道格拉斯提出了"多安全才算安全"这个问题。使得我们能明晰关于安全和安全感这两个概念的区别和联系。安全更多的是探讨作为外界环境中客观存在的风险因素，而安全感则是作为个人的主观体验。

作为个体主观体验的安全感又可进一步将其细分为内在的不安全

感和外在的不安全感。内在的不安全感主要是指由不安全的人格特质引起的个体内在体验，他们有时候并不是实际理性地认知到周围环境的危险或者风险，而是自己对于虚拟危险的种类程度进行想象。这样不安全的感觉大多数是由于幼年在安全感形成时期没有得到来自父母尤其是母亲的适当照顾。有时候是母亲的忽略，而有时则是母亲的过分关照都会形成这种基于人格特质的不安全感；而外在因素导致的不安全感，有的是暂时环境变化所引起的，有的则是人际关系或是实际经历外在不安全环境。

我仍清晰记得上次安可可以在如此嘈杂的火车站睡得浑然不觉外面的世界有多"精彩"，她应该不是性格里存有太多不安全因子的人。再结合安可的描述来看，她的不安全感的确来自外界，环境的不稳定让她觉得自己没有安全感。

现如今，社会已经被一些专家定义为"风险社会"。就比如安可经历的两家公司，拖欠工资是家常便饭，福利保险就像天方夜谭，公司人际晦深似海。按照马斯洛的定义，这样的环境确实无法满足安可对安全的需要。每天起床告诉自己的不是"加油，今天又是充满希望的一天"，而是提心吊胆地祈祷自己不要被莫名的"潜规则"给炒了。进行每一项工作时，不是需要源源的激情鼓舞自己如何争取出色地完成任务，而是谨小慎微地关注每一个细节是否触怒"龙颜"。

我们永远无法消除社会存在的每一种危险和风险，但是我们可以尽量避免风险或让损失最小化，做我们能做的。安可无法胁迫老板给她按时发工资，也不能振臂高呼："我要公平！"更不能任性地砸掉目前赖以生存的饭碗。

但是她可以从奢求外在的绝对安全，转为为自己构建相对安全的心理巢穴。

学会自己给自己安全感。如果是由内在引发的安全感缺乏，一般会让个体尝试体验外在世界相对较易感受到的来自人与人的情感，或是一些稳定的可预知事物所带来的安全感。由于无力改变外在而引发不安全感，我建议安可转向调整内在对于外在安全感的诉求标准。

当我们设定"老板应该每月每年，按时按量发放工资奖金"为安全感存在标准时，安可老板那种以公司山寨产品代替工资的背道而驰的行为，会让人产生难以抑制的不安全感。但是如果我们将其设定为"只要能给我一口吃的，我仍是能去闯荡天下的有为青年，总比饿死强"，那么同样的遭遇下，可能不但觉得安全感不错，甚至还感谢上苍如此厚待。当我们设定"公司应该严格管理，裙带关系理应避免"的标准来衡量环境中的安全与不安全时，那么安可公司可以任意辞掉员工的情况就显得让人颇感恐惧了。我们可否将其调整为"如果能混迹于如此战火纷飞的职场上，总比想混还没个地方落脚要强"。这样一来，安可晦暗莫测的公司倒也不是那么让人畏惧了。

我问安可，是否因为是在外面工作，多少也不比在家乡工作那样有安全感呢？安可点点头："多少有点吧，但是……我可以告诉自己，好歹都是中国人，都是一家人。"

安可，当我们越来越成熟，会发现我们越来越需要自己给自己安全感，也越来越有能力安定自己，温暖自己。

YEJISHUAITUI RANGWOYUELAIYUE HUIBIQIANXING
|业绩衰退 让我越来越回避前行|

　　雨琦坐在我对面，面色绯红，眼神躲避，一个劲儿地摆手，听起来特别着急："我和他真的没什么，我俩以前是小学同学，大学毕业后在这个城市偶然遇上的。姐姐，你……你别笑啊。"

　　"我什么都没说，还不准我笑吗？"我摊摊手，作无奈状。

　　"反正，我对他是有点儿意思，但是，"她的脸色突然变得有些严肃，"我觉得，他总有那么点儿奇怪。比如有时候觉得他的个性很要强，什么事都非得争取做到最完美。可现如今好像碰到一点儿事情就可以轻易把他打倒。"说到这，雨琦脸上多了点恨铁不成钢的气愤，但更多的是忧心忡忡，"现在他好像在工作上遇到了什么烦心事，但是问起来他又不说个明白，就拿那天的事情说吧……"雨琦一谈及这个叫做高岩的男孩子，就滔滔不绝起来，看来她对这小伙子的感情，比她自己想象的要多一些呢。

　　我拍拍雨琦的手："放心，等会儿他来了，我好好跟他谈谈。待会儿如果有需要，你得配合我的要求哦。"

　　"没问题。我一定好好配合你。"雨琦满脸诚恳地点点头。

　　作为咨询师，我不能只凭雨琦一面之词，尤其他们之间多了一层情感关系，那么雨琦对高岩的看法更多是以未来情侣的角色去看待和要求，况且雨琦并非专业人士，她的观察和评价未必符合实际情况。

有时候你做事太追求完美。

有时候一点小苦难都能击垮你。

我是太喜欢你才希望你更好嘛！

有时候你吃得太多……

伤不起……伤不起……

雨琦的诉说在我看来，更多的是一个陷入爱情的女孩对自己所爱男人的期盼。

精神帅气的高岩确实是讨女生喜欢的类型。一进门就开始张罗着给我们点餐，为我们整齐地摆好餐具。席间相谈甚欢。高岩眉飞色舞地说到他俩的童年趣事时，欢乐洋溢热情沸腾，一边还不忘摆弄他面前的每样餐具。可始终未见谈及雨琦所说的"工作上遇到了问题"。

不管怎么样，男人似乎总是不太乐意当着外人，在自己喜欢的女生面前表露消极情绪。

当我支开雨琦后，高岩不太明显地松了口气，他点了一支烟，

"您不介意我抽烟吧？"

我笑笑："你觉得怎么能让你舒服，你就按照自己的想法去做。"听罢我的话，他就让自己靠向沙发，深深地陷进去，眉头紧锁，一口接着一口地抽烟。

待抽完第二支烟时，他开口了。

"我知道雨琦为什么介绍您给我认识，她说我可以向您寻求帮助，我也确实需要专业人士的指点……刚才雨琦应该向您提到我最近的情况，工作不顺，对吧，"没等我回答，他继续说道："我是以第一名的成绩考进这个合资企业的，总体素质评估时成绩也是第一。这都是理所应当的，我毕业于名校，资质优越，无论是外表还是能力，我相信我都要比那些与我一同进入公司的同事优秀。至于那些不思进取，快被社会淘汰的前辈，我一直相信我有超越他们的实力。"他的口气急迫，语气里充满不容置疑，身子也随着激烈的言辞坐直了些。手还不忘调整杯盏，他似乎总要让杯耳朝一个方向。

"但是，"一个转折，他又将身子重重地砸向沙发，"最近不知道怎么了，我的业绩逐渐不如几个刚入职并不出色的同事。同事之间也多了不少闲言碎语，有人甚至怀疑我是不是在公司有'后台'，所以才会在公司考核中名列榜首，而一旦进入了实战就露了马脚，真实水平其实就是……"他把脸埋进手里。

"那么你现在这个状态，是否影响了你最近的工作？"我问道。

"我最近好像已经不敢去争取什么项目了，有点回避工作……"他声音越来越低，"我只知道我应该要做好，我也必须把事情做好。但是，但是……好像……我开始遇上越来越多我怎么努力也没办法做好的事情……不可以，不可以……"

高岩懊恼地抓住头发，垂下他进门时高高扬起的头。

回头看看高岩对自己的评价：名校毕业，资质优越，内外兼具。

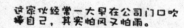

有能力把事情都处理好，不但卓越于新同事之中，甚至完全有能力超越老前辈，而他进公司也不过短短几个月，怎么就能轻易给周围人下了都不如他的定论呢？他经历了多少世事就认定自己"优秀于新人甚至前辈"呢？显然，不是别人真的不如他，而是他过分强调自己有才。

高岩的思维逻辑是这样的，自己就是那种专门等着让芸芸众生顶礼膜拜的超人，没有比不过的人，没有做不成的事。成功是喝水吃饭理所当然，失败？那可不行！那是对能力的否认，对自我的质疑，对自尊的摧毁。

但是随着年龄的增长，遇上越来越多不是个人能力所能及的事情。大部分人会认可自己的能及与不能及，会欣喜于成功，落寞于失败。但是无论成败皆能学会接受，坦然之。可是对于那些自我评价过高的人而言，他们越来越敏感于自己做不好的事情，会习得性地避开这些会带来失败的工作，而只去做能给他带来成功喜悦的事情。以避开失败或者可能失败，来相对地增加成功。

但是，高岩为什么为有这样的逻辑存在呢？

我仍有疑问，希望他和我谈谈对他影响较深且不那么愉快的记忆。

他举杯喝了一口花茶，放下，让杯耳不偏不倚朝向右边。妥当后，他换了个姿势，眼神游离向远方："我一直认为是这件事情影响了我……那年我是以全校第一的成绩进入了全市重点中学。在那之前，在小学期间我也一直是所有考试的第一，"他又喝了一口茶，接着说："第一次全校大型考试，我名列第三，那是我第一次没有站在第一名的位置上。于是，我的父母和老师都来找我谈话，尤其是我的妈妈，"他的目光瞬间黯淡下来，"我的妈妈从小就对我要求很严格。从上幼儿园开始她就关注我在学校参加的每一个比赛，每一次考试。她总是跟我说，你要拿第一！"高岩的目光变得有些涣散，神情黯淡："我一直很努力地达到妈妈的要求。可是妈妈好像从来不在乎我是否真的能做好，她只要求我必须拿第一。我记得那一次……她打了我，很生气，还把我关在门外。我在门外拼命地敲门……妈妈说要让我记住这次教训，以后更努力……"他摆弄了一下勺子，让它整齐地和杯耳一个朝向，右边。"好像从那以后，我就不停地告诉自己，我不可以输，不可以做不好……我必须做好，必须符合妈妈的要求。"

"这一次，工作上的事，我担心妈妈知道……"高岩再一次垂下脑袋。双手握住杯子，用力，关节发白。杯耳，勺子，它们始终整齐地朝着一个方向。我眼前仿佛坐着那个十一二岁的男孩，痛苦地蹲在怎么也拍不开的家门前，逐渐被失败的恐惧吞噬……

看来高岩的问题，不是一两次谈话能解决的。

自信的假象背后掩藏着对失败的恐惧。他必须先摧毁自信的幻影，体验失败，感受失败。让自己勇敢地在失败所带来的所有焦虑、恐惧、压抑等消极情绪中慢慢抬头，而不是一味躲避，然后理性地看待造成失败的前因后果，以及在意识中被强化形成的"理所当然"的成功，再进而建立正确的自我认知。

我告诉高岩首先要做的第一步，就是经历失败。在失败中包容自己的不足，承认自己不是每一件事都能做好的超人。不让自己在遇到问题时，只是过分关注于"成功"或者"失败"。

让失败具象化！渐进地去做自己曾经有意避开的那些也许会带来失败的事情。让"失败"这两个字不仅仅是一段只有指责和被严厉惩罚的痛苦回忆，不是一个又一个被自己夸大的、摧毁自尊的意识魔鬼。要学会在面对真正的失败之前，战胜自己。

以实际的经历重新定义，填充"失败"的内涵。高岩现在对失败的定义差不多就是"会受到严厉的惩罚，自尊被伤害"。希望他能在体验失败的过程中慢慢转化为"我老是学不好英语，但是够用就行；工作上某个环节没处理好，没关系可以向同事学习。"

结合自己所体验到的失败和之前经历的成功，学会辩证地评价，形成健康合理的自我概念。不过高自我评价，不盲目恐惧失败。

体验失败需要勇气，这需要亲人、爱人的支持和陪伴。

我想，能够陪伴高岩体验即将面对的经历，雨琦是个很好的选择。

GONGZUOTIBUQIJIN
ZHIYEJUANDAICHENGXIGUAN
|工作提不起劲 职业倦怠成习惯|

　　阳春三月，万象更新。我喜欢在这样的时节，浸润在温暖的阳光中，垂钓于碧湖边。

　　大多数人把垂钓当作锻炼耐心的行为训练，但是，能体会到垂钓之乐的人却不多。

　　"你好，我叫苏达，第一次来垂钓。可以向您请教吗？"他一脸灿烂的笑容。年轻真好，怎样都是明亮动人。

　　"您看，都快一早上了，这线还是没弄好。可以帮帮我吗？"他满脸恳求。

　　他坐我旁边摆弄这鱼竿也不过十来分钟，年轻人总是难免躁动。我告诉他调整的方法，他边听边做，还是没弄好，索性一把把鱼竿扔在一旁。抱着手臂，转过身子背对鱼竿，嘴里嘟哝着什么。我拾起他的鱼竿，慢慢理开被他弄得乱七八糟的鱼线。

　　"姐姐，你看，我像个没耐心的人吗？"他忽然转过头问我，"呵呵，垂钓好像太安静了。我有点不太习惯。"

　　"不如你先说说，为什么会有人认为你没耐心，而你也好像挺认可他的观点。"我还真是一身的职业病，很多时候都会使普通的谈话不自觉地进入带有咨询意味的交流中。我很不喜欢这样的状态。

　　"哇，姐姐，你说话……思路很清晰。"他的眼神里有些崇拜的

小火花在闪烁。

"我也不知道是不是还有别的事情让她觉得我没耐心。她是我的女友，我们交往了一年，"说到这，他脸上闪耀点点幸福的光辉。"我以前也交过几个女友。但是，我真的很喜欢她，我感觉得到和以往不同的喜欢。但是，"他伸长一条腿，弯下身子，用力地扯凳子边的杂草。"但是她不太信任我，觉得我会喜新厌旧。不知道是不是借题发挥，她最近开始关心我的工作问题。毕业至今两年，我换了四份工作……可是，我也不愿意啊……"他扯草的动作变得快速而杂乱。

"意思是，平均半年换一份工作。这样，我想先谈谈你工作的问题。可以吗？"

"姐姐你不要误会，我不是那种游手好闲的人。我觉得自己对事业还是有一定追求的，而且对我所从事过的每一份工作，我都曾经投入很大的热情和激情。"像是担心我不相信他的话，他再次强调："是真的很有热情，很认真。"

我点点头："你都从事过什么工作呢？能说说吗？"

"第一份工作，是很多人梦寐以求的国企职员，是我坚持时间最长的一份工作。毕竟是第一份工作，很多问题都不是说想通就能想通，说放下就能放下的。"他停顿了一下，"第二份工作是在一家网站做网络维护工程师，第三份工作是在一间外资公司从事人力资源工作。"他自嘲地笑笑："这两份工作的时间都很短，加起来不足半年。现在的这份工作，让我认识了我现在的女朋友。我想不管怎样，至少为了她，我会坚持。"

"坚持？包括你的第一份工作，你也用了'坚持'这个词……"

"姐姐你真聪明，呵呵。你看出来了，"他打断我的话，"除了第一份工作是家里人安排的以外，其他三份工作都是我自己找的，当然也是一开始就有期盼的，但是……"他举起双手，做投降状，似有无奈地撇撇嘴。"我也不知道怎么的，总是做了一段时间之后，就怎么也提不起劲，不想做，但是又觉得……"他长久地停顿，不语。似乎在思考什么。

"觉得什么？觉得自己不应该这样频繁地换工作？或是应该考虑到女友的感受，不能让她觉得你真的是个没耐心的人，还是别的什么？"看他思绪紊乱的样子，我得帮帮他。

"姐姐，你好像能猜到我在想什么呢！我不觉得，我只是没有耐性这么简单，对工作产生厌烦，倦怠。"他若有所思。

"嗯，倦怠的感觉。可以回忆一下你在什么时候会产生这种感觉

这个娃以后一定能挣好多钱！

1000块=10000角

做那么多工作怎么只赚这一点……

吗？"我看到他似乎因为听到需要回忆那些让他厌烦的情景而有些回避，身体不自然地僵了一下。我鼓励他说："别着急。我在听"。

他闭上眼睛，把脚伸直，缓缓道："从小我周围的亲人就告诉我，我一定可以成功，能挣大钱。我虽然不知道自己能不能如他们所说的挣大钱，但是我确定，我也很想成功。所以我一直在找能让自己成功的渠道，对我来说，做什么工作不重要，"他又顿了顿，"好像做什么都可以，关键是要让我有广阔的发展平台和空间。我不能让自己浑浑噩噩地在看不到未来的岗位上浪费时间。我曾经做的那些工作琐碎而毫无前景，更不可能实现功成名就的梦想。这样，他们会失望。"他忽然长长叹一口气，"但是有时候，我在问自己，到底什么是成功？"语毕，他又叹了一口气。

职业倦怠的年轻化，需要我们更多元地看待每个处于职业倦怠时期的个体产生这种情绪的原因。这种疲倦和身体的疲劳不同，是一种缘自心理的耗竭性疲乏。当处于职业倦怠时期，就会出现像苏达那样的状态，丧失工作热情，烦躁易怒，对工作意义评价下降，频繁跳槽。

苏达有属于他自己的原因。首先是他数次提到的"成功"。

在我们的传统社会文化价值体系中，"功名利禄"四个字便是"成功"最精华的涵义。但是年轻一辈却是在世界多元文化的影响下成长，他们中的很大一部分人有意识也有意愿活出充满自我价值的人生，又苦于无勇无力去抗衡大环境的价值观压力。他们似乎也不清楚什么是"成功"，似乎"成功"更多是束缚而不是动力，他们为此无奈又迷茫。

苏达对"成功"的渴求，忽略了对真实自我的探索以及对职业的了解把握。从他几份毫不相干的工作来看，他甚至没有开展自我探求的意识。他不了解自己是什么样的人，更不了解每一份工作的内涵。

这，只是时间问题。

可苏达显然没给自己足够的时间。

苏达说自己一开始对工作充满了激情和活力，但是时间不长就消极怠工，他没有给自己足够的时间继续接触。一方面年轻人难免急躁处事，缺乏耐性，而更多的是缺乏对自己想法和现实的落差冷静思考的能力。一开始对工作的设想太高，太美好，过分的理想化这份未知的工作。另一方面对苏达而言工作的涵义层次太少，没有基本的为人处世能力锻炼。没有基本的工作技能素养提高，更没有在工作中的自我成长与自我认识，而只背负了惟一的意义——达到"成功"。在这样单一而显得过高的工作意义认知下，一旦真正进入实际工作阶段，实际的工作就显得"琐碎而毫无前景，更不可能实现功成名就的目的"。

对于苏达，他要学会时刻告诉自己，只有功名利禄的人生，未免单薄。我们会为了生活而去工作，但工作却不是生活的全部。我们以为自己在追求成功，我们以为自己会得到成功，可是成功究竟是什么我想每个人自有答案。无论成功与否，无论这份工作能给我们带来什么，或者物质，或者精神享受，只要是我们喜爱的，就最重要。或许，快乐，比我们想象的来得简单，也比我们想象的强大。

我告诉他，他需要在一个固定的时间段给自己写一个总结体会，当然不是应付上级检查的那种"假大空"。可以写得形式随意，关键是内心的感受，从经历的感受反观自己。在工作的学习中了解社会上既存工种的性质与内蕴，真正找到一份能体现自身价值的工作，也让自己进行的工作因为自己而独具价值。

苏达，不要再让自己仅仅拥有瞬间的激情四溢。而我，作为心理咨询师，作为职业倦怠高发职业群体之一，更是需要好好调整自己的状态了。

苏达第三次长长地叹了一口气，和刚才的心事重重不同，这口气像是一种释放。他提起鱼竿，惊呼："呀！一个早上竟然一条鱼也没钓到！"苏达扯扯鱼线"不好玩儿，下次……"他看了看我，笑笑："下次我还来！"

聪明活泼的苏达，希望他也能体会到垂钓的最大乐趣，自得。

第二章

事业家庭两头难
几多欢喜几多忧

SHIYEJIATINGLIANG TOUNAN JIDUO HUANXIJIDUOYOU

QUANZHITAITAI
YES? NO?
|全职太太 YES? NO?|

　　我和她们俩是在一个很偶然的机会下认识的。在插花班门口百无聊赖地等待小H，此刻她正在教室里兴致盎然地学习如何把花横七竖八地插进一个小瓶子里，然后再倒出来。那些之前还生机勃勃的植物被蹂躏成残花败柳之后，她终于下课了，给我介绍了她刚认识的两位新朋友——霍太太和岱太太。

　　一眼就瞧出霍太太是个精明人，是那种很善于拓展资源并利用资源的人，因为太能干所以习惯了包揽事情，控制事态。她简单地询问我们晚上是否有活动，便很有行动力地向一家餐厅订了位子，并预约了一个私人会所的包间。我们在如此短的时间内被她安排好了所有的行程，没有商量，没有犹豫，只有啼笑皆非的份。岱太太习惯了好友的行事作风，俏皮地冲我们吐吐舌头，"这家伙总是太热心，你们别介意哦。"多么完美的好友档，相互了解彼此，相互包容彼此，相互周全彼此。

　　我想小H一定向她们介绍了我的工作，霍太太如此"盛情"的安排一方面出自热情，一方面她的眼神泄露了她的担忧，她需要我的帮助。所以在前往餐厅的路上她一直在很积极地跟我交谈，从撒切尔夫人聊到奥巴马夫人。她似乎在暗示我什么问题，似乎又在灌输我一些她的理念。总之，她热切的态度，让我强烈地感觉到，她希望我和她统一战线。而此刻的岱太太则小声地和小H在交流插花的心得，不时发出愉悦的笑声，车上形成了两种截然的气氛，前排霍太太和我电闪雷鸣，后排岱太太和小H柔风细雨。

能在就餐半小时之后才切入重要议题，我实在佩服这位看似风火办事利落的霍太太。她不想把朋友逼得太紧，不留余地。她们还真的是情比金坚啊。

霍太太先发话："不管怎么样，我还是坚持我最初的观点，你不能辞职。你说呢？"很显然后面的这个"你"，指的是我，还没等我开口，就听到岱太太说："酒足饭饱了才有力气打仗。小心你的老

早上为儿子准备早餐，为老公打点行头。

中午和大婶逛菜市挑选物美价廉的食物。

傍晚准备晚餐并整理干净的衣物。

深夜处理清楚白天剩下的杂活儿。

袜子破了得向老公申请经费。

胃。"霍太太明显一愣，嗔怪地白了岱太太一眼，"你就等着投降吧。"

从包厢向外张望，与浮华的灯红酒绿隔了一个距离，看上去只是淡淡的璀璨，被柔化的甚至带点温暖的霓虹灯，此刻看起来尽是让人带些留恋的袅袅余味的人间烟火，岱太太缓缓开口："真可爱，不是吗，以这样的距离看这些躁动的喧嚣，倒是让它们多了一种俗而不媚的活力，甚至有些灵动。只需要以一种淡然的姿态远观。"我看着她，眸光闪烁，灿若星辰，是一个懂得自己适合什么的有智慧的女人。我想我应该了解了她们的"矛盾"。

霍太太一如她一贯的作风向我们清晰地罗列了如果辞职成为全职太太会给她这位密友带来怎样的麻烦。

第一：你放弃了工作意味着你人生的追求就此完结，你的人生价值转换为提供给老公和儿子的服务价值。

第二：放弃了职业，没有收入，经济不独立就意味着人格不独立。现在是笑颜换取老公送的兰蔻精华乳液做礼物，以后就是低三下四求老公施舍你一瓶大宝。

第三：全职太太就是免费保姆，生活单调，还没工钱。

第四：与社会脱轨，和老公没共同语言和相当的见识，如今世道鱼龙混杂，"小三"们很感谢你把老公收拾妥帖教育好并送到她跟前。

第五：每天都只是和一些阿婆阿婶打交道，你只有更年期提前，没有青春期倒退。

最后，霍太太补了一句："《绝望主妇》第八季，你去报名吧。"然后她把目光转向我，坚定的口气，恳求的目光，她真的爱煞了她这位朋友。否则以她的个性不会轻易向陌生人求助吧。我清清嗓子："嗯，我想很多和你一样对事业有追求的职场女性都会赞成你的观点，不过我想听听岱太太的看法，或许是另一种角度呢。"

岱太太一副了然于心的姿态，她在听到好友的担忧时，一直保持这种淡然而自得的姿态。我想她此刻内心更多的是对这份友情的感怀，有个好友如此为自己着想，无论这份担忧是否适合自己，它总是一份让人不禁动容的关爱。于是岱太太按照好友的模式，开出了同样的应对单子。

第一：和你不同，我的人生价值不是奔走于职场，奔命于职位。毕业工作将近十五年，我用了十五年的时间来适应那种勾心斗角、激烈争夺的职场生活，很遗憾，我可能更喜欢那种散淡自如哪怕清贫一点的悠然生活，你知道我的性格如此。

第二：你应该了解我不会决然做一件完全没有考虑周全的事情，没有工作并不意味着没有收入，我发现我的文字还能给我带来点意外的收获。我加入了全职太太网，那里有很多资源，兴许我在那儿认识的朋友可以给我带来超低折扣的名牌化妆品。

第三：我今天来学插花，我还在练习瑜伽。另外，我乐意为自己的小家作奉献而不是跟老公计算工钱。

第四：你知道的，即使回到家，我和老公也很少谈论工作上的烦恼，我们让我们的小家始终保持作为最简单的情感巢穴这个功能。我们从相识到相恋，有许多共同的爱好，我想我们是灵魂伴侣。当然你说的这个问题，我并不是不担心，可是回过头想想，如果真的因为如此而无法保留住我的婚姻，那也绝不仅仅是成为全职太太的问题，是两个人的问题。

第五：你难道不知道阿婆阿婶的魅力吗？她们的好多经验可以让我们更便捷地处理一些日常生活问题，比如上星期，对楼的黄阿姨教我用泥鳅通厕所，省了我请工人的费用哦。

最后一句"泥鳅通厕所"让包间气氛一下缓和。岱太太拉着霍太太，眼睛里暖意融融……

我想她们的性格和生活经历足以证明她们为自己总结的道理有足够的站得住脚的理由做支撑，两位好友的"全职太太 YES OR NO"的大对决是没有赢家或者输家的。当霍太太激辩自己的观点时，岱太太温婉地笑而不答。很显然，这是两位性格截然不同的好友，她们也代表了两种类型的女性，活力四射的干练女性和散淡自如的婉约女性，那么全职太太这事，到了她们这，就没有对或错，只有接纳与否适合与否。这不是一个简单的勾差判断题，而是一道需要整合权衡的分析题。如果让职场达人霍太太成为全职太太，或许她真的会报名出演

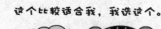

《绝望主妇》。如果让闲散自如的岱太太搏杀职场，可能再过十年，她依然会作同样的选择，只不过比起现在尽早把握自己然后潇洒退出要多些郁郁少些自在。

YES OR NO在许多问题上都是相对的，有社会主流标准，同样也有只适合自己的个性尺度，关键不是它多好多坏，而是你是否真的了解自己和它是否真的适合你。很多时候我们都在为一件两可的事情郁闷，为一个选择纠结，而大部分情况，郁闷和纠结则来源于其实我们在干一件自己不太乐意的事情，可我们却不知道自己的潜在性在抵触它否认它。了解自己是一个很多维的议题，同时了解自己也是一个终身课题，我们有时候在不断加深对自己了解的同时，还在塑造自己成为自己希望成为的那种人。在了解自己的基础上做出选择则需要两个大的前提，自己究竟多希望做这个选择，以及自己是否有能力承担做出这个选择所面临的后果。

霍太太明白自己不适合"憋死人"的全职太太，岱太太清楚自己在做一个不是"仅仅想要清闲"的选择。足够了。

最让我感慨的，还是她们那份让人动容的情谊。我知道你要说什么，你知道我为什么笑。

WEIGUANXINXINGFUQIMOSHI——CHENGWEI "JIATINGZHUFU" DERIZI
围观新兴夫妻模式——成为"家庭煮夫"的日子

"您知道吗，当初我可是征求过他的意见的，并不是说我不尊重他，替他作主。我从来就不是个推卸责任的人，我说了我就敢当！"说着这话的时候，她眼神轻蔑地瞪了一眼坐在她身边一直默默抽烟的男人，甚至让人觉得，这个看起来高高大大的男人是怕她的，一个娇小白皙的女人。"现在好了，他找了一堆乱七八糟的理由，说当初要不是我老在他耳边念叨，他争取争取还是有机会继续留在公司做事的，"她又瞟了他一眼，"别怪我说话难听，我要是你们公司老总，你绝对是第一批裁员名单上的第一个！"说罢，她又转向身边的一个老妇人，"妈，您说我当初怎么跟了这么个男人，不就是在家当个家庭煮夫吗？刚开始好像做得还挺顺溜，这才多久啊，就开始给我添堵，跟我置气。"她索性把身子转向那个老妇人。男人瞥到她转了身子，使劲儿吸了一口香烟，把烟屁股用力朝地上一扔，狠劲儿踩在烟屁股上，拧了好几圈。

老妇人稍伸头看了一眼那个男人，默不作声。

那个女人像是得到了默许，继续开口："妈，您看过那个电视剧叫《婚姻保卫战》吧，徐小宁的形象简直成了所有白领女性心中唯一的老公标准。那个男的就是专门辞职在家伺候他老婆，做家务带孩子，日子还过得很充实，"她眼睛里开始冒小星星了，不知道这份向

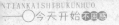

往是否也出现在她身旁这个如今被她无比轻蔑的男人身上。"最最重要的是，你不知道他有多疼他老婆……"

老妇人放下手中的毛线活，开口道："你是说，你们就按照电视剧里的剧情来玩？"

女人嗔怪地推推老妇人的手臂："妈，什么玩啊！恰好那段时间他们公司不景气要裁员，冯刚那样儿，"她又话题一转，像是嫌弃一般，眼睛一瞥，把身子再故意朝老妇人那个方向转了转，再挪近了一些，"就他那样，我还是那句话，不是什么争取不争取的问题，是绝对第一个被裁！当时我看他那样儿，也怪委屈挺为难的，"说这句话时，她明显扬了一下头，像是曾经给了男人莫大的施舍。"所以我

就说，现在男人在家做煮夫可是相当的时髦。我在公司做得还算不错，有点儿冲刺阶段的味道了，收入够我俩维持家庭，所以我也乐意他在家全力支持我。我要是这个阶段做出成绩了，那还不是咱俩一起享福，你说我在外面也不容易，他就学着分担点，就怎么委屈他了似的，干个活儿还……"男人突然打断他的话："我没有不乐意，你也承认我开始做得挺好，可你自己瞧瞧你这段时间说了什么？！"

女人起初像是被吓了一跳，转过身子，听罢男人这么一句有气无力的争辩，抿起嘴："我说什么了？"满脸的刁蛮骄横。

男人终于抬起头面对女人："是，我知道你外面工作很辛苦，所以难免脾气有时候会暴躁。我很体谅你，但是有些话说出来，不是我告诉自己要体谅你就能接受的。你说我不像男人，不能像你们公司的朱莉一样有个经理老公罩着，所以她就是公主，你整天跟奴婢似的伺候着。我确实没这个本事，但是你不能说我整天跟个老嫂子似的窝在家里跟锅碗瓢盆混，就知道吃你的喝你的。我之所以到现在这样，是因为我想告诉你，我要出去工作。"

女人挑挑眉毛，接过话："工作，你说工作？你以前在公司挣那点儿钱我就不稀罕，现在又在家待了那么一段时间，你不知道大浪淘沙啊？"

老妇人岔开话题："冯刚你买菜的钱哪来啊？"

女人迫不及待地回答："您当他在家生金蛋呐，还不是我给。钱都是我挣的，还不兴说两句。他一大男人就这么点儿器量。"

老妇人脸上也出现了那么点不太明显的轻蔑，但更多的是不解："我就不明白了。女人本来就不该受太多苦太多累，老得快。没本事往家里带钱的男人，我是觉得这样的男人不可靠。晓玲，你自己的日子还得自己算好了过，成天跟我这闹，我能怎么办啊，儿孙自有儿孙福！"说罢，不再理睬，又低头继续她的毛线活。

女人开口道："妈，如今这年代，女人也能有事业了，不是男女平等嘛。女人在外面做事，总比男人在外面干活要安全啊，男人的花花肠子那么多，如果他在家里待着哪还能搞什么外遇啊。您不知道他以前事没干成几件，应酬那可真是多啊，一个星期我至少有四天的晚上是自己在家过的。有老公和没老公一个样儿。"她哀怨地叹了一口气："我要的多吗，我甘愿独自在外面受苦受气承担养家糊口的重担，我其实也只是希望他能多陪陪我……"她的眼里隐隐泛着委屈的泪花。

男人看到女人开始流泪，脸上出现紧张的表情，立刻蹲在女人面前，急迫而略带诚恳地说："别哭了别哭了，老婆，你……你，你先别哭了好吗？"老妇人把身子往背对他们的方向转了转。

"我发誓，以后再也不跟你闹别扭，我好好在家做家务，处理好你的大后方。"男人一边说着一边给女人擦眼泪。眼神里，似乎还有着一丝因为妥协带来的黯然。

我坐在一旁的长凳上看着这一幕，以女人的眼泪、男人无奈的妥协收场的家庭煮夫口舌战，心中不免遗憾。他们现在面临的问题，还将继续，甚至恶化到无法收场。

我们都很明显地看得出，整场"战争"中，女人们的态度里，以轻蔑居多，而男人似乎还痛苦地挣扎在奋发求自尊、妥协求家和的矛盾中。

现实生活中，到底有没有"徐小宁"？据不完全统计，只有三成女性接受家庭煮夫这种夫妻模式，而只有两成不到的男人认可自己有意愿成为家庭煮夫，其中还包括一些站着说话不腰疼的被调查者。

万事有两面，家庭煮夫究竟好在哪里，弊在何处？关于这个问题我不想多作分析，就像刚才晓玲自己说的，男人当了煮夫，可以减少外遇几率，还可以有很多时间陪她，可是男人不能赚钱养家，两个人的担子全落在女人一个人身上，难免负担过重。利弊只存在于夫妻二人对伴侣的诉求中，存在于站在自己角度上的考虑。

但是，显然不是什么人都有心理能力承受这个夫妻模式所带来的弊端。如冯刚那样的，是做了小男人，处弱势。晓玲那样风生水起在外打拼的，是当了大女人，明显相对冯刚要强势。当两人相处时，冯刚"小男人"的处境削弱了他不高的气势和本来就不够强大的心理能量。恰好相反的是，晓玲以大女人的外在姿态自居，气焰过盛，气势张狂的心理状态，四处逼紧了冯刚。

人自身是需要内外能量平衡的。当我们身处逆境，外在价值感不足的时候，尤为需要内心的强大去抗衡这些磨难的痛苦，去释然坎坷的郁结。而当人处于具备外在卓越能力的时候，则诉求一颗谦卑、柔软的心，更容易让个体达到和谐的状态。

当夫妻相处时，彼此不是新仇加旧恨的宿敌，需要在表达上夹枪带棍以达复仇快感；双方不是谈判桌上的甲方乙方，需要机关算尽，保己利益。这样外在力量表现为夫弱妻强的家庭模式，夫妻双方对调或许心理姿态就能和谐很多。男人对待妻子时刚强的心理能量，不是说以大丈夫自居，颐指气使，而是建立宽厚包容的强大心理应对能力，能笑纳妻子的喜怒哀乐。真正强大的人，从不以房子、票子或是任何物质去压人，浩瀚心胸才是力量的体现。妻子对待丈夫时的柔弱心理，更多的是要卸下女人在外搏杀讨生活时给自己穿上的种种防御装备、争斗武器。夫妻间需要的是彼此的扶持，而不是恃强凌弱的藐视和压制。如果妻子真的想要丈夫了解自己的需求，相信放低姿态地表达比大喊大叫地呵斥更能达到交流的效果，也更能满足彼此的诉求。

对于男人而言，女人一滴柔弱的泪水胜过万千怒斥的唾沫。

"家庭煮夫"，他准备好了没？她是否有资格？

MISS WANG OR MRS LI
|MISS王 OR MRS 李|

我敢保证，我从来没接访过如此强势的求助者。强势的……求助者？听起来真别扭，做一个不太恰当的比喻"她就像一只威风凛凛的毛毛虫！"至少这是我们这几次匆匆见面她给我留下的印象。

第一次见面时，她穿着时尚简洁的黑色职业套装，胸前别着一枚让人无法忽视的胸针，略带张扬，凸显贵气。我想她一定是对咨询做了功课的求助者，所以这一次短暂的面谈，看得出她带着书上传达的那种对咨询师固有的成见似的戒备。她的问答显得很模式化，似乎重点不是在表达她的想法，而是在考量坐在她对面的我。此刻在她眼里，我只是一个是否有资格与她进行商业合作的对象，而非她可以敞开心胸的咨询师。

第二次见面与第一次大概相隔了将近一个月，虽然我们保持着联系，可是她始终以工作繁忙为由推迟我们的咨询时间。和上次见面相比，她的脸色似乎更差了一些，脾气里有难以抑制的怒气，似乎还有一点怨气。但是很遗憾，短短十五分钟会面就被她的一个重要客户电话给打断了，她说这个客户非常重要，眼睛看着桌面，似乎她在说服自己去面对这个重要的客户而不是向我说明这样的中断实属无奈。临走前，她带走了她喝水用的一次性杯子，然后用力把它捏成一团扔在咨询室门口的垃圾桶里。我想，她下次应该不会只待十五分钟了。

第三次会面如约而至，并且时间由她安排，她似乎认为咨询师是她花钱为她服务的，所以得听从她的安排，看来第一次咨询时我对她陈述的咨询要求她丝毫没放在眼里。这一次见到的她似乎又恢复了第一次见面时的精明利落样，但眼神却比第二次看上去更疲惫，没有光彩，有些游离。与前两次不同的是，这一次她开门见山地陈述了她的问题。她和老公的感情出现了问题，可能是激情退却了吧，不再像以前那样能够包容，似乎彼此成了牵绊。但是当问及是否有些什么具体问题时，她又开始顾左右而言他，很显然，她清楚问题，但她的骄傲不允许她承认这些问题。

我又想到了"威风凛凛的毛毛虫"这个比喻。这个时候的毛毛虫，让人看到了它威风凛凛的毛刺下，柔软脆弱的身躯。我们姑且称呼她为Miss A吧，是那种从小到大，任何情况任何事情都要争做NO.1的Miss A，她们事事要求完美，也因为自身条件和素质有能力让事件完美发展，漂亮收场。她们成长的每一步都烙有成功的印迹，写满无尽的骄傲。于是，A小姐首先不能容忍自己屈于人下，更不会承认自己无法处理麻烦。我希望A小姐能学会主动坦白她的麻烦，而不是需要我像侦探一样去分析她的琐碎情节。这样的坦白，是她必须要迈出的第一步，需要她通过行动尝试给自己树立一个全新的观念：不是谁在屈从谁，任何人都有需要帮助的时候，万能的是上帝。

Miss A给我递上了她的名片，某公司（知名大企业）行政总监，后面还有一大串的后缀，想必这些耀眼的头衔压得她不懂也不能有往后退一步的念头吧。她说，结婚前，他们可以从任何一个头衔中挑一个来称呼我。她似乎迈出这一步了，但是却骄傲地有所保留。也很明确地告诉我，别指望她说，结婚以后所有的称呼都没了，只剩下一个Mrs B。我不喜欢他们只称呼我为Mrs B，让我觉得自己很没价值！我应该始终都是NO.1！

真相昭然若揭，A小姐们总是在犯同样的毛病，她们很坚定地认为，婚姻对她们来说，只是从公主成为女王，而不是皇后！

你我身边似乎总有这样的Miss A，读书的时候，她们是老师的心肝宝贝，文武双全就算了，还很没天理的艳压群芳。学校的每台晚会她们都是主角，每种类型的学习奖状上都有她们的名字，登上学校的舞台领奖是一件多么稀松平常的事，可你我只有学校大扫除的时候，才有机会站在台中央使劲幻想一下，无比奢侈。毕业工作，A小姐不是顺利地进入知名企业就是一举高中让人眼馋的公务员考试，而你我还在就着咸菜喝稀饭，憧憬她那日渐攀升的月薪。总之，她们似乎永

远是我们做梦的蓝本，有了她们，我们才知道梦是怎样，才知道什么叫做华丽人生。可是我们也永远不能体会，背负太多的光环让A小姐形成越来越多的自我苛求，绚烂笑容下背负着沉重的心理压力，高处不胜寒，可究竟有多寒，估计Miss A自己也难言其中苦乐。因为当她只有自己一个人在追求这种辉煌的时候，她也许是享受这种痛并快乐着的感觉，可是当她与心爱的人建立亲密的关系后，她是否能明白两人相处时，不能每一步都依然锐意当先，争强好胜，而需要相对的牺牲，相对的屈从呢？似乎我眼前这位Miss A，很难办到这一点。

Miss A的强势观念，从工作逐渐渗透到婚姻，她是有能力有地位的Miss A！怎么可能只被冠上一个可能满街都是的Mrs B呢？！从我们第一次的会面到眼下这一次的交谈可见，她被这样的认知困扰了，并有些难以自持了。

Miss A们其实都是剔透心肝玲珑肺，Miss A或者Mrs B看上去似乎仅仅是一个称呼问题，可却是所有这类问题的最直观表征，其实她们面临着更多的需要相对牺牲，相对让步的地方。比如两人一同去参加商业酒会，当自我介绍为Miss A时，很显然交谈之间多以商业为目的，不但有争取利益机会的平台，更有展现自己能力的舞台。但是当介绍为Mrs B时，也许在别人眼里她仅仅是一个退居幕后的家属。再比如，双方都有重要的客户会议时，Miss A可以不顾一切地抛下所有问题专心处理工作事务，Mrs B则还要考虑开会期间孩子谁来照顾。显然，两个人在一起组建了家庭自是不比一个人自在，势必得学会商量，为对方为整个家庭有所付出有所退让，而不是仍旧不管不顾地奋勇争先。

我仍然清晰地记得第二次会面时，Miss A的那个有些退缩的眼神，她在说服自己继续应战工作，这是不是表明那个时候的她似乎在动摇：自己要不要为家庭全然地牺牲工作呢？我想，对于自己的职业有高度追求和热爱的Miss A倒完全没必要这样彻头彻尾地"牺牲"，我们说的只是相对牺牲，有所让步。如果成长的经验只告诉Miss A如何锐意进取勇往直前，那么现在就开始学学如何从家庭这个大局考虑相对地收敛锋芒，退步成全。最重要的是，这些相对的牺牲，展现柔弱，并不会让人觉得你无能，它甚至是在锻炼你一种更高的能力，与单干事业比起来，这种能力，还包含着懂得进退，知道何时刚何时柔的权衡能力，以及对人对事的情感能力。

记得有位知名的演艺界工作者，婚后接受采访，被问及类似问题时，她是这样回答的，当我被称呼为Miss A的时候，这个称呼记录着我的过去，我一个人的辉煌。当我被称呼为Mrs B时，这个称呼是我和我心爱的人美好回忆的开始，这是两种不同的幸福。多漂亮的回答，阐明了一个最简单真挚的道理，相对牺牲成就的是另一种幸福。

那么Miss A 就从你自己先做起吧。把你的"不能妥协"、"不能放弃"、"不能寻求帮助"、"不能承认失败"、"不能坦白脆弱"等等坚定地转换为"也许可以妥协"、"我可能需要帮助"、"我可以坦白脆弱"这些让自己看起来似乎"有些无能"的表达，你不但不会因此无能，你还会因此给了自己一个柔软的退路，一颗更柔韧的心，一种更宽广的胸怀。其实有能力的人从来不介意展现自己的无奈，只有没底气的人才迫不及待需要肯定。

如果说争强好胜是一种积极进取的能力，那么懂得退让则是一种宽广豁达的能力。威风凛凛的毛毛虫，你是时候收收毛刺迎接化蝶了。

ZHOUMOFUQI YUEMOFUQI NIANMOFUQI
|周末夫妻 月末夫妻 年末夫妻|

已经连续几个周末在这个小区的健身场所见到这家人了。

他们应该是一家人吧，祖孙三代。一对年老的夫妇，一个三十岁左右的女人，带着一个约五六岁的可爱小姑娘。

老年夫妇看着可爱的孩子在健身器材上欢腾地玩乐，笑得一脸的褶子。可同样的这一脸褶子在看向那个30岁的女人时，却又似乎灌满担忧。

女人很尽情地与孩子在健身器材上互动，比赛。很尽情，却不失处处为孩子安全考虑的警惕。每个母亲身上都流溢着这样的光辉吧，不顾一切地为了孩子。为了孩子可以放弃或是争取曾经不敢想象的任何东西，可以坚强，可以勇敢。

女人似乎扮演着两个角色，她应该是那对老夫妇的女儿，当她走向他们的时候，她卸下为了孩子所必须具备的坚强勇敢，她眼里，满是疲惫，还有痛苦。

孩子的世界永远简单快乐。小姑娘在老夫妇和30岁女人之间游转，撒娇。

天色渐暗，小姑娘大概是玩累了，趴在女人的腿上，歪着脑袋，轻蹙小巧的眉头，撅起小嘴问："妈妈，我好久没见到爸爸了，我想他。"

女人只苦笑，不见言语。

晚饭后散步，看到这个女人独自坐在长椅上。我决定和她聊聊。

她说她认识我。

"我叫莲达，住在C小区13栋。其实很早就想去拜访您了，为了囡囡的事。我知道你们做心理咨询这一行，对儿童的成长教育应该也是有了解的。"说起女儿的教育培养，她眼神诚恳认真。

"嗯，略有掌握。你想了解一些什么内容呢？"我问道。

"比如孩子的性格培养，智力开发，每个年龄段需要注意的问题。现在孩子好像开始觉得自己是个小大人了。"她一下显得困惑起

妈妈，你为什么和爸爸离婚呢？

是不是我破坏了你们甜蜜的爱情？

那一定是有坏阿姨拐走了爸爸……

我们再把爸爸拐回来吧！

你爸是狗吗……

来，头再稍稍转向我的方向。她确实需要帮助。

"孩子的教育是需要夫妻双方共同努力的，比如孩子需要不同的性别角色认知。"我试图开启一些更具体的话题。

"我和囡囡的爸爸已经办理离婚手续了，现在我带着囡囡和我父母住在一起。囡囡经常追问爸爸去哪了，好像担心是我不要她爸爸了，总是跟我说他爸爸的好话。这孩子，"她轻叹一口气，"离婚这事，我们都有责任，很直接的责任。没有第三者，没有不可调和的争执，竟然就这么平淡地把婚给离了。怪我们，事情考虑不够周全……是我们亲手葬送了这段婚姻，还连累了孩子。但是不管怎样，为了孩子，我必须勇敢地承担一切。"一提到对孩子的伤害，她的语气更是沉缓。

我不作声，只是点点头。默然地看着她，她能自如地谈及她想说的。

"我和囡囡的爸爸恋爱两年结婚，我们很相爱。但是我们有彼此追求的东西，我们也觉得这不是什么妥协或者求全的问题。我们都需要一个独立的空间，无关爱情。于是我们决定分开住，周末聚一次。"她手里捻弄着背包的带子，"我们这样保持了一年，感觉都很不错，我们不需要费心费力地去融洽本来就不太可能和谐的独立空间，第二年我们有了囡囡，那时候父母劝过我，有了孩子还是住在一起的好，"她微微苦笑摇摇头，"我自认能做好一个够格的母亲，他也一定能做好父亲。我们仍旧是周末夫妻，他每周来看孩子一次。后来他升职了，工作繁忙。"

"见面次数更少了？"

"不知道是不是因为一直以来他和孩子的相处时间不多，所以我觉得他好像对孩子没什么感情，还没意识到自己已经是一个父亲。加上工作任务确实繁重了许多，我们开始变成月末夫妻。"她转头看向我，眼里满是无奈，"去年我们就只见了一次，还是因为叫他从国外带礼物给囡囡，"说到这，她好像受了刺激，语气有些哽咽，"我怀疑他是否记得自己有个女儿。我真的想不到，之前那一年的周末夫妻还是挺好的，可能因为生了孩子，我对孩子投入的精力更多了，不能再完全地和他过二人世界。渐渐地，我们已经无话可谈，所以今年我们签了离婚协议。"她顿了顿"我只是觉得对不起女儿。"

从周末夫妻开始，逐渐发展为无奈收场的年末夫妻。理由似乎很简单，因为没有足够的相处交流，哪怕是争吵。情感疏离，莫名地变为曾经熟悉的陌生人。

偌大城市，年轻夫妻为了工作之便，会选择以周末相聚的方式分开居住，各自选择交通便利的地方租住。交通方便可以让白领更好地安排工作，而不是每天都疲于奔波在职场和回家的路途中，能缩减交通开支的同时，也能减轻白领们的生活压力。而更多周末夫妻认同的是莲达他们对这类问题的观点，需要保持个人独立的空间和追求。

他们不认为，结婚就是把两个人完全地绑在一起。只不过是给爱加一个保证，但是没有必要再过多地涉及个人领域，尤其伴侣可能还不怎么能接受包容对方独立的个人空间，那就不必要太过多地要求与对方磨合，以期双方完全容纳彼此。

我问莲达，究竟是一种怎样的空间，让人如此不可融入，甚至没有一点儿意愿要和对方分享。莲达说，其实也没什么。就比如她从小就很喜欢中国古典文学，丈夫喜欢西方哲学，他们首先在书房布置上相持不下，在文学问题的讨论上也各持己见。如果是外人，他们想什么你可以不在乎，可能就是因为太相爱，要求便苛刻起来，但是他们都不希望自己为了对方改变，也当然不希望对方因此而放弃自我。

"我们都不希望因为爱而让对方或者自己痛苦。"莲达如是说。"但是如今这般收场，我不知道，这样是不是真的不行……"

　　不会为了对方放弃自我，这一点上，我想我是同意的。如果以爱之名把对方完全改造成自己心目中的所想，我们只能说，那不是对于爱人的爱，而是对于自己的爱，因为任何人都可能被改造成为你想象的那个爱人模样，那么你可以爱任何一个有意愿被你改造的人。这样的爱只以自我为标准。

　　莲达和丈夫是基于这样的理解，决定以"尊重彼此，尊重爱"为信条做周末夫妻，可未曾想竟到这般田地。以为是对爱人的理解包容，却不知未经努力磨合的"包容"，看似高姿态，实则脆弱不堪。本来打算给爱最大的空间自由存在，却不料空间太大而使爱荡然无存。

凡事把握一个度。.

婚姻家庭不同谈情说爱。最多的差别就是有责任有义务。尤其婚姻中涉及孩子的利益，必须靠父母保障，双方需要更多担当。个人独立空间可能需要稍作调整，以圆满家庭的和谐。

结婚不是简单的二人在一起生活，乐则合，不乐则分。婚姻相处是一个需要学习，并不断提高自身修养的过程。学习如何分享快乐，如何交流痛苦。学习如何为对方，为家庭，为孩子调整自己，宽容彼此。你仍然可以保持你的热爱，你也需要学习包容对方也许和你截然相反的追求。

年轻夫妇在选择做周末夫妻之前，最好试行一段时间的传统夫妻生活模式，确定彼此之间不是因为有无法解决的矛盾而需要分开居住。若是像莲达那般觉得需要保留个人空间，那就得学会磨合包容，做到真正意义上的尊重爱人，而不是以眼不见为净的方式排斥掉爱人身上不被自己认可的东西，从心理上去容纳自己珍爱的这个人的所有。彼此最大限度地保留自己的空间，这不是不可能，甚至还能增进彼此的信赖和依赖。

比如双方就一个有异议的问题争执不下的时候，学会心平气和地自我表达，开阔胸怀地倾听对方陈述。告诉自己，就像我坚持自己的意见一样，我也允许你保有自己的态度，但愿有一天我们的观点能契合。足矣。

不是强悍地要向对方完全植入自己的观念，也不是完全孤立彼此的所感所想。

有一个很老的故事。冬天，刺猬需要彼此依偎取暖，但是靠得太近，会刺伤对方，离得太远又不能取暖，只有相互不停地探索磨合，找到一个合适的位置，既不会被刺到又能安然取暖。

莲达，如果还有下次婚姻，你将如何选择？

LAOGONG WOBUXIANGCHENG
WEIDINGKEJIATING
|老公 我不想成为丁克家庭|

偶尔，我会应邀参加"传承亲子俱乐部"的活动。要做的并不多，给活动内容或者形式提一点参考意见，或者选一个比较有代表性的问题，与那些初为人父母的夫妻探讨，提供专业建议的同时，也收集到不少真实的案例。

俱乐部的负责人Jessica曾自认为是 "被生子"群体的一员，她曾给自己定下计划，如果三十五岁之前没有生孩子的念头或是冲动，就批准自己做一个自在的"丁克"，理由是大龄孕育对孩子和自己的身体都不好。

可是意外不在计划内，但却需要承担。

Jessica "被生子"之后，除了那段让她几乎难以自拔的产后抑郁，她用"涅槃"来形容了自己成为母亲的感受。

她说，从未经历过的事情，只停留在想象阶段，总是不可能"想"周全这件事情本来的面貌，总有想象不到的糟糕，但也有未曾预料的美好。拥有孩子，是一件得到的比失去的要多得多的事情，一种更完整的作为人的体验。

我想未必所有的人都有这样的体验，这些东西不单纯是社会文化能感染的，它更多的是基于在未经历这件事情之前对事情的认知与想象。

Jessica一直认为，生孩子容易，但是教育孩子却是一个很复杂的问题。她认为自己的父母在教育孩子方面因为缺乏基本的心理常识，教育方式不当，从而造成她在某些问题上有无法逾越的困难，或者是错失一些潜能开发的机会。而她，也没自信能将孩子培养成为一个优秀的人才。

但是，她说，当自己怀抱着这个粉嘟嘟的宝贝时，生命的娇弱与无限的希望，这种矛盾的感觉让她真切地体验到，与孩子是否能成为优秀的人相比，她更希望孩子每天都开心地笑，无论因为什么，开心就好。

生命，脆弱却又因为希望而倍显强大。自己似乎没有理由去责难太多，也没有理由不学会释怀，更没有借口去忽略身边的幸福与美好。在爱中，她让自己得到"涅槃"。

此刻，我们坐在俱乐部的长廊里聊着最近关注的焦点中比较有价值的问题。两个年轻人坐在我们的斜对面。

应该是一对夫妻。男人握着女人的手，似乎在努力地说服什么。

女人开始转过身子，稍低于坐在身旁的男人，男人一直佝偻着背，女人显得很吃力，但也很尽力。可是现在是男人转过身子握住了女人的手，他的背更弯了，他也很尽力。

我想，他们都努力了。只是没有能够站在彼此的角度去思考同一个问题。

我和Jessica走到他们身边坐下。男人叫富生，女人叫依琳。结婚五年，依琳想要孩子，富生却坚决反对。

依琳说："你们懂的道理比我多，你们跟他说说，一个家庭，没有孩子怎么能算家庭？这样的家庭会不会觉得不够完整呢？"她的口气带着些幽怨。

富生接着回答："我已经重复很多遍了，现在很多年轻人都是丁克，两个人的生活不是很好吗？自由自在。"

"那么你们今天来这儿的目的是？"Jessica问道，"是来看看孩子，感受一下拥有孩子的夫妻和你们有什么不同，对吗？"

依琳不说话，默默地点了点头。富生把手拢起来，支在膝盖上，他始终没有抬头，低声嘟哝了一句："来了很多遍，结果都一样，我没感觉。"说罢，他要点烟。

Jessica拍怕他的肩："小伙子，吸烟对所有人都不好哦。"依琳在旁边依然不做声，只是附和地点了点头。

"我从来就没有过要孩子的打算，其实结婚前我也没听你提过多

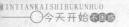

么想要一个宝宝，看来是那个时候我们交流得不够。"富生有些怪罪地说道。

"那……现在交流也不迟啊。"依琳有些着急。

富生不予理会地摆摆手。

"富生，我们谈点别的吧。"我需要了解更多，尤其不能让他回避那个被他努力压抑的问题。

"你们结婚五年是吗？能谈一些你们现在生活，或者工作的情况吗？我比较感兴趣这些问题。"

"我们是大学时谈的恋爱，毕业后就直接结婚了。我在一家建筑公司工作，依琳在事业单位工作，但是我们的收入还可以，"他抬头看了看我，"可能我在工作上投入了太多的精力，有时候会疏于陪伴依琳，所以她想要个孩子陪伴她。所以我现在叫她去学开车，等过两年有能力了就给她买辆车子，这样她的生活会丰富一些，"说这话时，他看了一眼依琳，依琳锁着眉头，他似乎明白依琳的担忧，接着说："我告诉过依琳，别操心那些问题，我可以解决。"

"我不是这个意思，"依琳有些无奈地抬抬手，"我从来没向你要求过这些。"

"你可以告诉我，你需要什么，你从来都不说……当然，除了孩子。我的工作和你的不同，我可以辛苦，我不怕，但是作为男人，希望可以给你……"富生依然在喋喋不休他的给予。

一个被"能力考核标准"囹圄的男人，一个不善表达情感的女人。他们首先面临的问题是如何有效交流，而不让一个又一个的误解混淆问题本来的面目。

语言交流是我们相处的方式之一。对于富生和依琳而言，富生说得太多，而依琳则表达得过少。要想对方弄清自己的意图至少得尽可能地呈现自己的观点，反之，并不是所有的表达都需要详尽细致，因

你知道我的压力多大吗？

养个孩子、读书、工作、讨老婆，什么不需要钱？

房子、车子、孩子全由我负担你知道多难吗？

那我只需要留嘴吧……

和你交流，我只需要用耳就够了，不需要嘴巴了……

为这不是演讲，而是交流。交流不能只是听或者只有说。它需要做好两件事，明白对方和自我表达。

为什么我会把富生定义为"被能力考核标准"图图的男人。回顾一下他的陈述，"你要什么，我给你。""别操心，我可以解决。"他的思维重点不在于依琳内心的诉求，他似乎也不认为有必要去听妻子内心真正的诉求，他只在乎整个社会对于"男人"这个角色所具备的能力要求是什么。

他可以给房子，可以给车子，但是他不能给一点点时间，倾听爱人。

他更多在扮演的只是男人这个角色，社会文化给男人赋予了许多的物质定义作为衡量其是否成功，是否有能力，是否够格称为一个"男人"的标准。在富生的认知中，男人是首要角色，丈夫只是"男人"这个角色下的一个分支，而具备除了男人以外的特殊含义。他可以让自己在外做牛做马，风雨无阻地拼搏，为妻子送上富丽堂皇的城池，并坚定地相信这是一个男人或者说丈夫应该做的，并且，也只能做到这一步。

同样的，在孩子这个问题上他也沿用了这个逻辑。父亲是相对孩子而存在的角色，因为不是与生俱来，因为在这个角色存在之前毫无

体验，难免对角色的认知不尽周全。于是父亲的角色同样也只是"男人"这个角色下的一个分支。孩子意味着另一种物质上的供给，是担子，也同样是另一张能力考核测评卷。

如果要富生能接受孩子，或者说接受成为一名父亲，更准确地说，有意愿体会除了物质还有更多给予的角色，恐怕他得首先学会让自己成为一名充满情感和学会表达情感的丈夫。当然不是说他不爱他的妻子，而是没有掌握爱的方式。

既然爱是情感，就用情感的方式去表达。物质，只是补充，也仅仅是补充。

只是换个角度，换个方式。

晚归时，把送一大捧香水百合，换成与妻子一起头碰头消灭一碗可能并不可口但是亲自下厨的鸡蛋面；周末加班，把饕餮大餐，换成一个歉意却不乏真诚的拥抱和亲吻。

这些看上去多少有些老套，甚至可能被人不屑为花言巧语的假把式。确实，那些素来以如簧口舌骗姑娘的无良空想主义者们，他们需要反此道而行之，踏实地给姑娘们提提鞋子、刷刷马桶之类。世上没有所向披靡的战斗法宝。

而只知道用钻戒表达真心永恒的富生，可以试试安静地坐在依琳身边，听她的絮叨，努力从钻戒闪耀的光辉中走进她需要与你分享的心房。

亲子俱乐部的传承，不是豪宅别墅或是越野跑车，孩子需要从父母那儿传承对生命的热爱以及幸福的渴求。

JIATINGLICAIGURANHAO XINGFU
SHENGHUOGENGZHONGYAO
|家庭理财固然好 幸福生活更重要|

她把几张理财投资的宣传广告摆在我面前，摊开。一一给我讲解，详细而认真。短短几分钟，她竟然还在一些分支上用公式计算了收益率和实际收益。

"我给你介绍这些东西和呈现这些数据的唯一目的，就是我想表达我对理财这件事的关注和重视。"她把笔收进包里，"我觉得我对收入的处理方式应该还是合理的。你看如今这个社会走哪干啥都是钱，动不动就金融风暴，下岗失业随时可能发生，眼下房价涨得比火箭升空还快，还有以后我们的养老，孩子读书成家……"她像为自己捏了把汗，抬了抬眉毛，叹一口气。忽然转过头问我："这话你都听腻了吧。"

"我们都在一个社会环境下生活，对事物的看法大体上还是比较一致的，你抱怨的别人也不见得能轻易释怀。"我肯定了她的看法。

"可是他不这么认为。弄得我对自己的观点也有些怀疑，不知道到底谁对谁错。"

"他？"

"我爱人。他说钱是赚来花的，要让每一分钱都充满生活的意义，还说我整天老把钱往这里那里的投资，兜里就剩着喝水吃饼的钱，一年到头苦哈哈的有什么意思。可是我也不愿意这样啊，现实逼得我们得学会好好管理钱啊！"说到这她脸上满是不被理解的困惑。

"嗯，你们的观点看上去都有自己的道理。可以谈谈你丈夫吗？"我已经看到她对理财的观点和态度，我试图了解他为什么会有这样的观点。

"我们去年才结的婚，以前是高中同学，后来他去了美国留学。"她用手支着脑袋，表情有所缓和，"他说他是为了我回来的，以前在高中的时候就喜欢我了，只是大家当时都埋首苦读。他还把当时在高中给我写的诗拿出来给我看，"她嘴角泛起一丝若有似无的甜蜜，"大概半年后，我们就结婚了。"

"哦，你们相处的时间好像不算特别长。"

"对，他说，相爱了就该在一起，希望向所有人展现我们甜蜜的爱情。花言巧语。"她嗔怪。

"他去了美国多长时间？就是在那里留学而已？"他们是不是分开了太长时间，相处不够？

"在那读了大学，还工作了一段时间，大概七八年这样吧。有时候我在想，我们似乎不该那么快就结婚。七八年的时间啊，也许我们对彼此的印象都只是停留在高中时期的某个回眸，某个微笑。我们自己都有了察觉不到的改变，更不知道对方又有了什么变化……"她一边说一边微微点头，似乎在认可自己的归因，也赞同自己目前的做法。

"是的，每个人都在不断地成长变化，这部分的变化主要受经历和环境的影响，但是不会有太大的本质上的改变。你们出现这样的分歧多吗？"也许七八年的国外生活经历可以影响他在许多问题上的观点和态度。

"当然多啊，但是目前对我而言最大的问题就是金钱支配上意见相左。"她的脸又沉了下去。

"那么他认为收入应该如何支配呢？"

"他觉得如果有需要，一个月哪怕所有的收入都可以拿去开销。比如上个月，他说让我和他一起请假去西藏朝拜，不过短短几天，要花那么多钱去旅行！要是这些钱拿去存定期、买基金，哪怕做些短线股票，至少还可以收入一些钱。"她神情有些激动，"还有，他有一次花了好几万买了个单反相机镜头，我的天啊，这是不是有些太浪费了！"

我们不能质疑她在理财上的考虑，为了家庭的物质保障，为了儿女和养老的长远打算，这些都是无可厚非的。但是她似乎把理财的概

拿钱去干点儿别的有意义的事吧！

买辆自行车，回忆初恋。

买个书包回忆学生时代。

我想回忆……

念含混了。理财是为了现在以及将来更好的生活做打算，而不是每天都勒紧裤腰带，为未来的每一个花钱可能性作艰苦准备。理财是建立在家庭收入条件以及制定的经济目标之上，再结合实际中的具体情况进行的有计划的财产经营。可以具体规划到每笔钱的投资收益，可以评估每一笔账的风险盈亏，但是无论怎么计算规划，终究是为了追求自己梦寐中的幸福生活，希望自己能在未来的需求中有足够的支配空间，希望自己老来可以安枕无忧不必再为柴米油盐操心，希望儿女可以有物质无忧的生活。终归不过都是为了全家人能过上好日子，快乐的日子。可是，为什么是以眼下无时无刻不精打细算勒紧腰带过活为代价呢?

她需要再构关于花钱的认知。金钱不只是攒在存折里层层叠加的数字，或者是用于理财担当风险承载未来的工具。金钱除了满足日常生活的基本需求，也许可以换来一次浪漫的体验，可以制造一份意外的惊喜，还可能找回遗失的美好过往。而且她还需要在再构的过程中学习如何接纳他的观点，融洽两人在这个问题上或者更多问题中的分歧。

我把她最后表述的那段关于西藏之旅的看法大概向她复述了一遍，注意强调了一下某些地方。然后道："你有没有注意到你提到的最多的字眼是什么？"

"好像是……钱。"她有些犹豫地回答，脸上满是不解的神情。

"对，而且主要是谈关于花钱的看法和感受，和之前谈攒钱投资的感受应该不一样吧。"我要引导她比较两种认知背后的情绪。

"攒钱投资，让我觉得生活很踏实，有保障。花钱，我觉得好像就是在浪费！""花钱好像是在浪费"，她对自己关于花钱的认知，并不算很确定。

"好的，我明白你的意思了。我想请你想象一下如果现在给你一千块钱你具体会如何打算？"构建一个直接的情景，让她呈现自己的动机和行为。

"一千块可能会留一百备用，剩下的，存银行吧，或者基金定投之类小额的投资产品。"她轻车熟路地规划着。

"那么，如果是他呢？你想象一下他会做什么事？他做的这件事最好也有你的参与，或者就是你们曾经一起做过的有美好回忆的事情。你要把自己当做是他，而不是站在你的角度去看他，记住这一点。"为重构"花钱"的认知引导她创造一个愉快的情境，能提高她进入这个情境的积极性。而且，她也需要学习如何站在与她有诸多分歧的丈夫的角度思考问题。

"我想想。拿到一千块，计划着是买个礼物还是去吃一餐料理。因为最近他老是提起想去吃生鱼片。他说很想念那时候和我第一次约会时那家生鱼片的美味。"我接过她的话："很好，继续。再详细点，需要怎么安排？"

"给我打电话，说是有神秘活动，然后开车载我去吃饭。嗯，应该还会有一束雏菊。对了，那家生鱼片的味道确实不错，环境也特别好，靠海，可以一边吃东西一边听到海浪的声音，饭后可能还会到海边散步。"她的声音听起来比之前要轻柔。

"那么你现在注意到什么？"我需要她首先从感官上接纳这个想法。

"可爱的雏菊，美味的生鱼片，还有和煦的海风。"她的肢体开始有些舒展。

可爱，美丽，和煦。我想她应该感觉还不错。"这样看来，一千块这样安排似乎也不错。"

她略微点点头，不算很坚定的认可，她还需要时间，需要多练习。

"那么，'花钱好像就是浪费'这个观点是不是有些太单一了？你看，你把钱花在了对的地方，花在了需要的地方，不但你得到了愉快幸福的体验，也提升了你们之间相处的融洽度。花钱首先得看能不能，根据你个人的实际情况而言，是不是有能力负担这个开销。然后就看值不值，钱花在哪，花在谁身上，为什么花。比如你想象的这次美餐计划，可以让自己和爱人开心，又在能力范围之内，何乐而不为？甚至有的时候，'浪费'也不见得就是一件多么不能接受的事情，你的丈夫一定是很喜欢摄影才会花几万块买一个相机镜头。人的一生中有多少事情是自己可以有那么点疯狂热衷的？如果这钱花出去，能给我们带来愉悦幸福的感觉，我想偶尔这样'浪费'还是值得的。就如前面所说的，其实你攒钱也是为了追求一种安定幸福的生活，目标是一致的。"

她若有所思地坐在我身旁，良久不语。

我想他也可以做同样的练习，体会她之所以攒钱投资的意义。他可能受了一些西方文化的影响，不同于我们传统的价值观念。但是有什么问题呢，至少他们的目标是统一的。

加油吧，向幸福生活迈进！

第三章

下一站 EQ达人

XIAYIZHAN EQDAREN

SHOURUBANGJIALEWOSUOYOU DEKUAILE
|收入绑架了我所有的快乐|

    梦梦曾经是本市一家知名摄影网站的活跃会员，我是在那儿认识她的。那时候她还是一个未走上社会的大学生，对未来充满了激情和希望。她曾经不止一次提到，希望毕业后的工作可以和摄影有关，每天都能快乐地做自己喜欢的事，可以一边玩一边赚钱。

    每次这样的谈话，她的脸上都是流光溢彩，欢乐闪烁。有想法总是好的。我只回答她一句，你开心就好。她总是怪我反应太冷淡，没能配合上她熠熠生辉的美好梦想。

    正如许多年轻人经历的一样，事与愿违。

    梦梦说："真的事与愿违，"脑袋朝一边侧歪着，脸上看起来黯淡无光，目光似乎没有焦距地盯着前方，"您记得以前我和您说我多么想要从事与摄影有关的行业吧，我好像还说了很多我打算怎么规划设计我的工作室，还要给您做专访画册，还要让我的爸爸妈妈信服并支持我这一行。我都记得，"她鼻头有些泛红，眉头微微蹙起来，抬高。"记得我曾经说过这么多的……没法实现的话……"再也忍不住，浮泪轻弹。

    "如果我没记错的话，你现在应该正是在从事你原来设想的工作吧。究竟遇到了什么问题呢？"看她这般痛苦，想必打击不小。"调整一下情绪，慢慢说。也许我可以帮上你。"

    她抹干眼泪，声音仍有微微抽泣："毕业后，我和几个志同道合的朋友一起做了一间工作室，慢慢地这些朋友们都走了，原因各有不同……有的是因为在一些经营理念上有冲突，你知道的，玩摄影的，有时候是有那么点自己的腔调。有的是因为找了其他工作改行了。反正就是到了最后，只剩下我一个人，我想虽然一路走来并不容易，但是我既然能撑到最后，我应该是最热爱这份工作的……我想是这样的……我是热爱这份工作的……"嘴里继续喃喃着热爱，可是头却不太轻易被察觉地摇着。

　　似乎她在质疑自己的热爱。在谈话中，尤其需要注意发现这种言语表达和肢体表达不一致的地方，它可能不太明显，但很有可能是

很好，非常美！

你可真是艺术天才啊！把我拍得那么美！

都说我像她，给我拍一组。

谁跟你撒那么大的谎？

我妈。

发现求助者潜藏矛盾的关键点。但是在询问时却需要多加注意，如果太过直接呈现自己观察到的"矛盾"，可能会引起一些求助者产生阻抗，从而影响咨询的进行。

"刚才我看到你在说自己热爱这份工作的时候，似乎不同于以往的坚定，你有些轻微地摇头，你是在质疑自己的说法吗？"我放缓语速。

"我想我是热爱这份工作的……"她低头沉默。似乎有话要说，却不知怎样开口。

突然一个电话响起，打断了我们的谈话。梦梦没有避讳地在我面前接电话："什么？又是拍那种照片……好，现在就过去是吗？"她的眼里没有一丝激情，甚至写满无奈。"好了不说这些，我这就过去。反正都是赚钱，多少是一份收入。"

她面无表情地挂断电话，盯着手机。而后抬头，歉意地笑笑："我得干活去了，希望您谅解，改天我再跟您约个时间，请您到我的工作室看看。真的很抱歉。"

"没关系，我很理解你，真的。"我真诚地看着她，二十出头的女孩似乎为了生计而苦恼。谁都不容易，曾经的绚烂梦想此刻倒更像一个毒瘤，苦痛悲伤全由它起。

大概时隔两周，是一个静谧的午后，在梦梦的邀请下我来到了她的工作室。地方不算大，墙上挂满了照片，各种风格。墙角堆放着道具，灰尘轻覆，略显落寞。器材整齐地安置在一个看起来和整间工作室有些颓丧的气氛不太搭调的精致柜子里。梦梦坐在柜子边，用一块专用擦布，小心仔细地擦拭镜头。窗外一缕阳光穿过窗户，洒落在梦梦的肩头，她歪着脑袋，神情专注甚至带着点虔诚。

我想，她是真的喜欢这份工作的。

她请我在她对面的椅子上坐下，像是经过许久思索，做好了准备，便直接开口诉说她的困惑："我知道，我实现了自己在大学时候的梦想，我是属于被定义为幸福的那类人，许多人都在做自己不喜欢的事，但是照样得辛勤工作。我曾经这样认为，现在也这样觉得，但是我却没有办法让自己快乐起来。"她低头小心翼翼地擦拭镜头边缘。"我觉得好像我所有的快乐都跟收入和金钱挂钩了，我要维持这个工作室的运作，要维持我的吃饭生活。很多时候工作的要求都是别人提的，我不能做主我想要拍什么感觉的片，我被指挥，被控制着去做那些我不太乐意干的事，但是没有办法，我需要那份收入。本来摄影是一件很开心的事，它能给我带来精神上的涅槃，甚至灵魂的涤荡！"她的眼睛里微闪着颤动的小火花，年轻的脸庞因此添点生气。

玩艺术的，是不是多少有点浪漫主义呢？

"但是，现在看来我的快乐真的少了，几乎没有了。我有写日记的习惯，我会把每天工作中的情绪反应都记录下来，有一天我翻开我的日记，我看到里面的记录从开始的欢欣雀跃逐渐发展到痛苦挣扎，再到现在失落无奈。"她顿了一下，"我好像只记得计算这次工作能收入多少，如果收入满意，我就会开心一点，收入低就……有时候，甚至，"她皱紧眉头，眼睛睁大，"甚至，是对我喜欢的片。如果说不喜欢的做得不开心就算了，现在连自己喜欢的都……是我亲手埋葬了我的爱好吧。"她的眼皮垂下，语气失落。

我想先理清她的逻辑。她从事了自己喜欢的行业，但是却在日渐接触的过程中发现了就算是自己喜欢的行业里也有喜欢和不喜欢的事项要进行，也逐渐体会到不管喜欢或是不喜欢都需要赚钱过活，做不喜欢的是为了收入，甚至做喜欢的也开始计算于收入多少，付出几多，是否值得。于是收入绑架了她所有的曾经对这份工作的热情和快乐。

如她所说，事与愿违。事与愿违其实可以有很多个角度的理解。

比如像梦梦说的一些年轻人，都在辛苦地从事着与自己当初梦想相距甚远的工作，他们没能实现自己的梦想，没能让事情按照自己的愿望去发展。

也比如梦梦这样，虽然从事了自己理想当中的职业，但是却没能像自己想象中的那样快乐。我问梦梦，你始终在说你不快乐，那么你认为从事这样的工作应该是怎样的快乐呢？梦梦毫不犹豫地回答，应该是每天早上醒来，到处去走走，用相机记录一天开始的美好。然后回工作室与客人洽谈应该怎样出片，让他们看到自己擅长的部分和最优秀的才华可以如何被体现，这样就能尽情地按照自己的风格去做，价格方面有市场参照，以前做过计算，怎么也差不到哪儿去。她说这话的时候，眼睛不自觉地瞄了一眼房间里一个不起眼的角落，那里堆放着一大摞照片，似乎是曾经在摄影展上见过的梦梦的作品。

如果说第一种事与愿违是"事情的发展背离了愿望"。那么第二种事与愿违就是"愿望背离了事情的本质"。梦梦对开摄影工作室的想法似乎过于简单而理想化，她完全按照自己的想象去规划这个工作室的开展运作，尤其是在自我销售这一方面难免天真。我们都知道当你打算销售自己的时候，你首先要了解对方的需求，然后再试图把对方的需求建立在自己的能力范围之内，而不是简单地一味把自己的"擅长和才华"强加在顾客身上，并要求他们必须为你"华丽丽"的自我展示买单，他们是你的衣食父母，可不是你的亲爹亲娘，没有义务对你好赖全收。于是按照她的逻辑，自己热爱的工作中竟然出现了喜欢和不喜欢的事项，符合自己想象的就是喜欢，反之亦然。这样不全面不本质的认识，让她没有准备好如果入不敷出这种"正常"状况出现时，如何调整心态微笑面对。

现实摆在那，她要做的就是重新认识"摄影这个工作"而不是"摄影这个爱好"。因为她有写日记的习惯，从她的谈话中可以看出她是一个比较感性的人，能较好地把握自己在某个情境下的所思所

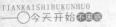

感，这样的人可以完成自我监测，承担自我管理的能力并进行评估。

于是，我告诉她从今天开始每当她开心或者不开心情绪特别显著的时候，一完成工作就马上填写下面这个表格：

1.情境：什么时候，地点，情况如何	
2.情绪：体验到了什么感觉？请用百分比评定感觉的程度（比如：愤怒70%，无奈30%，或者还有更多的情绪体验尽量写出来）	
3.自发思维：在产生这种感觉之前你的思维是怎样的？写出关键性思维特点（比如之前梦梦谈到的，和我喜欢的风格完全相左）	
4.写出一种替代性或者平衡性思维（用百分比写出对这种思维的确定性，可以重复同一种），思维特点尽量积极，理性，全面	
5.评定现在的情绪，并再次评定第二栏中的情绪或者新出现的情绪百分比	

这个表格的填写可以让她实时监测自己由于认知不全面而产生的不良情绪反应，让自己建立对事情更理性全面的认识或者从另一个积

极的角度去看待，由此产生不同的情绪体验，从而建立全新而积极并让自己更好适应的对事物的认知。

梦梦拿着表格仔细看，镜头安稳地平放在腿上，流淌的阳光下，浮尘飞扬于她身后，一种即将对梦想有崭新思索并尝试践行的美，画面定格。

快乐，终有一天会照进现实。

我要再来拍一组性感的，照片洗出来，挂墙上。

这相片，是用来避邪的吗……

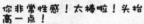

你非常性感！太棒啦！头抬高一点！

真销魂，真避邪……

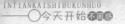

JINGTITIMAOXIAOYING
BUZUOQINGXUNULI
|警惕踢猫效应 不做情绪奴隶|

王小帅说她家大东真不是当官的料，新官上任三把火还没烧齐呢，就整天回家唉声叹气地给自己灭火。

大东是个性格温和的人，见谁都一脸天下太平的微笑，人缘不错。用王小帅的话说，因为不是个会来事的人，就从来没碰上过什么让他着急苦恼的麻烦事，所以成天就负责没心没肺地乐给那些每天需要忧国忧民的国家栋梁们看，以舒缓别人对生活的厌倦。

王小帅的话虽然不大中听，但有时候还是挺一针见血的。大东的公司尽管经历过经济迅速发展的黄金时期，也熬过昏天暗地的经济危机，但却始终不见起色，总也做不大。现如今老东家退下来了，少东家接了担子，第一件事就是整顿公司人事问题。

大东在公司干了七八年，一直是个普通职员，谁料想这次人事改革，大东的好人缘给他换来了一个不大不小的官，管的人不多，但好歹可以支使别人给自己端茶送水了。

王小帅说，刚开始那一两个月大东精神劲儿可足了，好像从来没见过他这么认真地对待一件事，不知道后来怎么了，慢慢地发现他的情绪不对了，起初是爱乱发脾气，估计是肩上有了担子，多少有了以前未曾遇上过的压力，难免会烦躁。可没过多久就开始整天闷头闷脑的不说话，时不时地长叹一口气。

王小帅一直在说个不停，大东坐在旁边一言不发，以前他也话不多，总是爱看着王小帅在那咋咋呼呼地说上一大堆，满眼疼爱。

"他现在经常这样，不知道他在想什么。以前他也不爱说话，但是爱围在我身边瞎乐。现在他老是自己坐在一边玩郁闷，玩孤独，对我爱答不理的。"王小帅脸上写满担忧，她扯扯大东的袖子，"老公，你有什么就跟老霖说，"然后她转脸，朝我使了个眼色，"我单位还有点事，我得赶过去处理，待会儿我再过来找你，我们一起回家。"真是个体贴入微的爱人。

王小帅才关上门，大东就开口了："让小帅这样为我操心，真对

不住她。"说罢他叹了一口气，"我觉得，小帅说得对，我真的是没担过担子，所以才会整天傻乐。一旦真正到了这个位置，才知道有多难。"他把手指交握住，弯下腰，手肘支在膝盖上。"以前也没摊上这么多需要有担待的事，所以觉得自己应该多用心，到了后来就有些着急上火了，回家就和小帅乱发脾气。我是真觉得对不住她，根本不好意思在她面前开口说这些话，哪还好意思请求她原谅。"也真算难为他了。

"那么现在呢？小帅说你现在，就像刚才一样情绪不太高，好像有些压抑。"情绪狂躁后进入低谷是一个很正常的循环周期，尽管看上去这种周期的状态相似，但是原因却各有不同。

"我想我真的还是适合做回原来的工作。"他的神色有隐隐的落寞，尽管这句话听上去像是给自己下了决心。

"可以说得具体一点吗？是遇到了没办法解决的问题还是一些工作上带来的心理影响？"看他的样子似乎是有些摇摆的，所以我不能用太多负面的词语比如"困难、挫折"等，这样容易强化他消极的情绪，更容易受到这些词汇的暗示从而加重悲观判断事件的砝码。

"其实大部分工作也都是按部就班，而且我也只是一个小官，也担不了太重的工作和太大的责任。该做该承担的我都尽最大的努力和同事们一起完成，"他的眉头开始有些收拢，"起初我觉得我的领导似乎对我们要求特别严格，有时候一份做好的工作会一而再再而三地要我们修改完善，甚至有时候感觉有些吹毛求疵，这不是我一个人的感觉，是我们几个共事的人都有这种感觉。但是当时我只是认为，毕竟我是新上任的，可能还没有得到上头的完全认可，需要多多考量我是否有能力胜任这个职位。"

我点点头，看来大东的心理素质还算不错。

"但是后来我发现也不是这样。有一次我们有一个同事的工作有些疏忽，所以在预算部分有误。那天我在外办事所以没经我的手就交给了领导，可是他竟然只是简单地说了一句'以后注意'就完事了，要换之前的态度，我们绝对得全部重新做过。之后我逐渐发现，我们的领导根本不按常理出牌，有时候没什么问题却被他大加追责，或是被训得狗血淋头；有时候明明问题很严重他却好像没什么事一样和颜悦色。感觉好像他的处理方式有些……"

"情绪化。"见他一时语塞找不到合适的词语表达，我帮他总结一下。

"对！"语毕，大东低下头，十指交握。他第一次低下头，似乎接下来这个问题才是真正让他困惑的。

半响他缓缓开口："最让我难受的是，我后来逐渐发觉我似乎也受了他的影响，小帅说我前一段时间回家经常乱发脾气。这个事我之前竟然一点也没有注意到，"他的神情颇为懊恼，"后来我开始向我们部门的几个同事也乱发脾气，唉……"他重重地叹了一口气。"我发现之前关系挺好的一个同事和我说话的时候有些不对劲，他才告诉我。这时我才意识到，我也开始像我的领导一样情绪化。"

"我想给你说一个故事，"我说，他抬眼看我，"有一个董事长为了重整公司事务，向公司员工许诺自己将早到晚回。但是有一次，他因为一些个人原因迟到了，在开车去公司的路上超速行驶，结果被警察开了罚单并且还是延误了时间。这位老董情绪相当愤怒，当他回到办公室时，他将经理叫到办公室训斥了一番。经理莫名挨训之后，气急败坏地将秘书叫到自己的办公室并对他挑剔一番。秘书同样无缘无故被人挑剔，也是相当生气，就故意向接线员找茬。接线员垂头丧气地回到家，对着自己的孩子大发脾气。儿子因为莫名其妙被痛斥，也很恼火，便对着家里的猫狠狠地踢了一脚。"

"你这么说倒是提醒了我，我本来就不是爱乱发脾气的人，但似乎我印象最深刻的几次对着小帅或者同事乱发脾气的时候总是因为莫名其妙受了领导的指责！"

显然大东不是简单的情绪化，而是受了感染的情绪化。它一般会沿着个人对周围人的等级定位、评断为强弱的社会关系链条依次传递，像金字塔一直延伸到最底层，势力最弱的最后一个元素将成为最终的受害者。当一个人的情绪变得糟糕的时候，他会下意识地选择能力较之弱小的个体发泄，进而缓解他自身多余的能量。这就是"踢猫效应"。

踢猫效应通常是整个愤怒链条里的最高一层首先因为一些原因产生了愤怒情绪，这种力量十足的情绪没能被这个人有意识并主动积极地应对消化，而是被不负责任地传递给被自己定位为能力不及自己的弱者，接下来每一个相对的"弱者"都在面临一顿无由的训斥之后，不能冷静地辨析这个愤怒的缘由，感知对方愤怒的类型从而让自己对这种无理的能量发泄做好调试，学会释怀，反而将这个愤怒接力棒一再传递，扩大"受害面积"，造成情绪污染。

当我们在遇到由别人传递过来的"愤怒情绪"时，大脑里会闪现第一念头，而这个通常就是我们对这个刺激的情绪反应，它常常都是冲动的，所以容易造成对刺激的误解。比如大东，当他受到领导的莫名训斥时，他应该学会用一些行为调整或者意识上的自我协调来首先平稳这个"即将破土未出"的冲动情绪。这个时候交感神经兴奋，心跳加快，呼吸急促。如果可以就让自己闭上眼睛，暂时避开这个刺激的画面对情绪造成的持续恶劣影响，同时借助深呼吸调整心跳，有的人还喜欢在这个时候将手指用力伸直，让肢体在可以使力的地方消解掉一些由内心产生的多余能量。同时还要不断地给自己心理暗示"我没有生气"，"我很好"。或者有些人还会对自己调侃"我在听充满力量的摇滚乐"。

这个第一情绪反应得以适当控制后，再努力让自己慢慢冷静地纵观全局，分析事态，用头脑和情感去辨析这个"莫名其妙的训斥，突如其来的愤怒"是有理由的还是没道理的。理性地给自己提出问题："为什么他/她会对我大加斥责？""这个训斥是否合理？""为什么他/她会如此愤怒？"逐步去替代那个首先在大脑里产生的自卫意识："凭什么对我生气！"然后调动情感去感知他/她的愤怒，转换角色体验对方情绪背后可以被包容和理解的情有可原或者无可奈何。

大东听罢我的分析，沉思良久后只说了一句话："我为什么会首先对小帅生气？难道她是我认为最弱最容易欺负的人？"说这话时，他脸上有些迷茫。怎样他都首先想到小帅，真是让人动容的感情啊。

"换个角度看，她是你认为最需要被呵护的人，你是她的天。"我脑子里闪过他眼神宠溺地看着小帅的画面。

"咔哒"，门打开了，王小帅站在门外，泪流满面，眼里闪烁着熠熠生辉的幸福。

ZUOTIAN MINGTIAN WOMEN WANGJIGANSHOUJINTIAN
|昨天 明天 我们忘记感受今天|

"来，庞庞。你坐这，我给你看昨天的录像带。"他昨天来过，今日再约是希望看昨天为他录下的影像。当然这是征得他同意的。咨询中不管是作为咨询师自身学习或是反观咨询过程，或者作为咨询手段需求而作的录音或是图像录制，都需要对求助者解释这样做的原因及目的，并征得求助者同意。

荧幕上出现昨天庞庞开始谈论他当时所思所想的画面。我的思绪被拉回昨天与庞庞会面时的一些情形。

带着黑框眼镜的时髦男青年，礼貌却不拘谨，挺健谈。

"其实我知道我为什么会变成现在这样。我觉得跟我之前的经历有关。上大学之前我是一个挺突出的学生，在高中时还连任了两届的学生会主席。老是听前辈们说，大学的生活就是享受象牙塔美好的最后时期，那时候的我似乎特别热衷于参加各种活动，想要把这么多年来寒窗苦读的压抑通通释放，好好享受无忧无虑的青春，但显然我过得太无忧无虑了，没有为自己的未来好好作个打算……"他轻叹一口气，"找工作让我栽了大跟头……所以我对过去的放纵很自责，就是因为没有对未来有所思考有所准备才导致自己今天这般田地。所以我时刻要求自己一定要好好规划未来的工作生活。"

话至此，语气少了之前的寥落，却不明显，他似乎没有从自己

"规划的未来"中感受到丝毫充满活力的希望，它们也只是简单的串连在过去的阴影下，肩负赎罪的重任。

我打算让他再多谈一些过去的经历和感受，以及他正在做的未来打算。但在这之前需要告知他，这部分对话我想用DV记录下来，作为咨询过程的一个参考。他略思考，低语："也好，留个记录，等到以后我年纪大了，再翻出来看看，当初的我是这般模样。"

取得他的同意，便有了现在看的这段画面。

画面里的庞庞，诉说着过去那些坎坷的经历，神情略显懊恼，嘴角下垂："我第一次求职的时候，是因为没有通过英语六级考试和没

拿到计算机等级考试证书，连面试都没进。当时很尴尬，我的大学还是名校，我连母校的脸都丢光了。"他的嘴唇抿紧了些，这些陈述让他回想起了那段"不堪"的过去。"接下来的求职，不是以在校成绩平平就是以没有学生干部经验为由被拒绝了……"他深吸一口气，缓缓说道"最后，我进了一个很普通的小单位，待遇很低，都是干些简单的活，但是能保证周末的休息，轮班值守之后还能有连续的休假，我觉得就这点比较满意，我要利用这些时间为未来的目标继续奋战。于是我很努力地学习，参加各种培训考试，后来因为时间安排得太紧，上班的时候也偷偷看书……为此单位的领导对我有些意见。"说到这，他好像有些不太自然地抬头看看摄像机，之前他一直没看过，像是突然想起它的存在。或是这句话，他自己说得不太自然。

"很好，你说得很清楚。可以继续吗，我想听听你在那个单位上班时的情况。"我鼓励他，不管他对自己的表述是否怀疑或者有所掩饰。

"没什么感觉。工作简单，和同事之间也是点头之交，我一心扑在我的未来奋斗计划中。"

"嗯，那你的未来计划是什么呢？"

"当时就是想着首先把过去没考到的英语和计算机证书拿下来，别的再慢慢进行。"

思路还挺清晰。

"现在我已经从那个单位辞职出来了，换了一个单位……"他沉吟了一会儿，"我也不知道我会在这个单位待多久，但是我知道这个应该也不是我的最终目标，要实现目标还得不断努力学习。当然对待这份工作我比之前认真多了，我可以从这份工作中获得不少实践经验，为我的未来工作做准备。我需要把每一步的学习工作都计划好，如果对未来没有计划我会觉得没有方向不踏实。"

"咔"。关掉荧幕，我看着庞庞，他脸上闪过许多不太轻易被察觉的表情，总的来说，有些复杂，我要知道他此刻在想什么。

"你看上去，似乎有很多感想是吗？可以说说吗？"

"我……想坦白一件事情。"他眼神从之前的有些躲避变得勇敢起来，直视我，"其实现在回想起来我的第一份工作并没有我想象的那么简单，如果当时我认真做好，也许我就能学到更多东西，就像现在这样。所以……当时并不是完全因为考试安排得太紧，而是，我当时没把这个工作放在眼里，我好像只记得如何去准备未来的计划。"他推推眼镜"但是从现在这份工作看来，那次的经历还是十分珍贵的……每一个工作，都有它的价值所在。"

尽管，眼神躲避未必是撒谎，直视也不一定代表诚恳，但是我相信他这段话是真的，因为他的其他表情组合在一起说明了他确实没撒谎。更重要的是，这就是他的关键问题所在，他"当时"忽略了它的价值。

"我可以这样理解你的意思吗，包括在DV里说的。你似乎因为过去的坎坷学会了不断总结让自己汲取教训学会成长，包括你对第二次工作比第一次要认真对待，以及你觉得未来需要好好规划，否则可能需要经历许多波澜和坎坷。简单说，总结过去，规划未来，事实上你也做到了这一点，并且做得不错。你的经历似乎教会了你很多东西，你的思维很清晰。"

他点点头："但是，我觉得我好像并不快乐，虽然我已经懂得如何去做好，但是我仍然觉得压力很大。"

"因为你只是让自己沉浸在过去的总结和未来的规划中。当然，这并没有错，"我停顿一下，以示接下来这句话的重要性，"只是你似乎有些太紧张'过去'和'未来'。你只是忽略了一些东西，比如，你有没有注意到和昨天比起来我桌上多了一盆盛开的鲜花？你有没有让自己停下脚步看看你周围正在发生的事情？"

他的世界里，"当下"略显苍白，只有当它们曾经是未来或者已经成为过去才会被他重视。

时间在庞庞的认知里，只有两个维度：过去，未来。唯独没有当下。被忽略的当下，有许多值得珍惜、值得品味的东西被忽略。过去曾经是未来，也曾经是当下；当下曾经是未来，也即将是过去；未来即将是当下，也即将成为过去。它们都需要好好珍惜，认真对待。

我们确实需要从不断走过的过去总结成功或者失败的经验，也确实需要以此为鉴好好规划未来，但是我们不能忘记正在回顾过去展望未来的这个当下，它充满更为真实直接的喜怒哀乐，并饱含人生价值。它是承载过去、构建未来的桥梁。

庞庞需要静心，感知当下的存在。把自己对过去和未来所投入的精力做做调整，匀给"当下"。思考过去可以让我们明白可为与不可为，让我们更好地成长。计划未来可以让我们有目标有方向地大步前进。但是感知当下，也许可以让我们增添更多生活的情趣，减轻自己对过去和未来所承载的负担。有时候我们的目光过多集中在曾经做过什么，未来应该如何做，而忘记了感受正在发生的美好，哪怕只是虫鸣鸟叫，它们不为过去或者未来，只为这个世界这一分这一秒的美妙。

"是啊，我甚至忘记好好去晒晒每一天的太阳，"他有些自嘲，"好像我把自己弄得太紧张了。"

我建议他每天给自己安排一点时间，静静地坐在那里，呼吸每一天清新或者浑浊的空气，抬头看看每一天清透或者阴霾的天空。把手伸出窗外，感受阳光或者雨露，给耳朵放个假，聆听悦耳的欢笑，或者嘈杂的哭闹。让自己真实存在于当下的一分一秒之中。

希望他能从自己这些体验中感受到，昨天无论如何都已成为过去，可以汲取过去的经验，但不必为此过多负担。有所规划地憧憬未来自然是好，但是得给自己心里交个底，计划赶不上变化，勇敢乐观地面对不可知的未来，告诉自己无论发生什么都不必太过担忧。而今天每时每刻每分每秒的感知，正绚烂丰富地发生着，生机勃勃地绽放在眼前。认真品味当下的喜怒哀乐，让生命变成正在进行时，深切感受每一种体验所带来的情感，在它曾经作为未来和即将成为过去的时刻，真实地感受。洒落在肩头的温暖阳光，轻拂过脸颊的微风，它们可以告诉你生活多美好，无需太紧张。

时间像一个庞大却简单的齿轮，最最重要的不过当下，不过今朝。

FENXIANGBICIDEKUAILE
FENDANNIWODEYOUCHOU
|分享彼此的快乐 分担你我的忧愁|

妙妙说自己不太喜欢也不太习惯向别人诉说心声，就算是那几个从光屁股穿开裆裤时就认识的发小，也不见得什么都能分享什么都愿意诉说。

尤其在工作之后。工作前总是听到哥哥姐姐们一脸无奈又略带得意地感叹，还是只有读书时候结交的朋友才叫真的朋友啊，工作后几乎都没认识几个能真正说得上话的朋友了，个个都藏着掖着。有的是把彼此当做竞争对手，话自然是不能多说，说多错多。有的就秉持"害人之心不可有，防人之心不可无"的原则，说不定哪天有了利益冲突，老底被掌握得越多就越早翘辫子。所以个个都整一面具挂在脸上，虚情假意的笑，矫揉造作的哭，没谁把谁看在眼里。妙妙听到这些心中直打寒战，成年人的世界有必要这么复杂吗？哥哥姐姐们就把之前那些略微的得意张扬开了，这就是成人世界的法则啊，你不懂吧，以后你长大了工作了你就明白了，身不由己啊。

于是妙妙从高中时就不断告诉自己，现在多交些朋友，不然以后能交的朋友就越来越少了。可是正如书上说的，越长大越孤单。有些事情不是不愿说也不是不想说，它不是秘密，只是即便说了，也没人理解，无人明白。

妙妙说自己大学四年只交了两个朋友。整个大学期间，妙妙其实和不少同班同系甚至其他院系、外校的人都有友好相处的经历，但是妙妙说他们都是只能在自己情绪好的时候和他们一起疯闹瞎乐。所以他们顶多只能算生命中的过客，不能算朋友。

不过，她说她喜欢和我待在一起。感觉很平和宁静，安详自得。

她已经在我的书房里来回走动一刻钟了，最后挑了一本米兰·昆德拉的《生命中不能承受之轻》。翻阅，不似往日那般沉静。

"我给你读一段话，我很喜欢。'人永远都无法知道自己该要什么，因为人只能活一次，既不能拿它跟前世相比，也不能在来生加以修正。'"然后她歪着脑袋继续道："人真的很难懂，连自己都无法

好好把握自己的想法，怎么能轻言自己了解谁。你还要继续听吗？你应该看过了吧，还有一段话，写得很好，我很喜欢。"她看看我征求我的意见。

我点点头："念吧，我希望和你分享。"

"没有任何方法可以检验哪种抉择是好的，因为……"她的语速从开始的有些些急躁，慢慢趋于平缓，是逐渐陷入了思考的缘故吧，"只能活一次，就和根本没活过一样。"念完这句，她轻轻合上书。

"只能活一次，就和根本没活过一样……这句话很有意思。"妙妙轻轻谓叹，"突然感慨于这句话，它让人一下子尖锐地被刺激到，无限哀伤。"

"可能我对'活过'有不同的定义。如果觉得活过是必须清清楚楚明明白白自己做过什么，在做什么，即将必须去做什么，有参考有比较有明确的理解掌握，那倒真的是活过一次了，如果懵懵懂懂，那就跟什么都没有一样。"我谈了自己的想法。

"或许我的理解和你的不一样，我比较倾向米兰·昆德拉这样直接的感悟，'草图'一样的生命，每一笔一划都不是我们能计划能预知的，都是正在进行的。"妙妙轻声诉说自己的观点。

"唔，每个人都有自己的主观认识，决定于他们的经历和认知模式，太多太多的东西尽管看上去大家的观点一致，但其实还是有细枝末节的差异。"

"是，有时候我们连自己的细枝末节都把握不到，看不清自己究竟什么模样，怎么能真正了解别人的观点到底是个什么意思？真的无法明白。"妙妙又歪着脑袋思考着，像是回忆曾经与朋友间互不理解的经历。

"所以你不太愿意和周围的人谈论自己的心事，自己的想法，包括自己的喜怒哀乐？我记得你之前和我说过。"

"今天正好也有个朋友向我提及这个事情，问我为什么很少和她谈论自己的感受，快乐也好，痛苦也罢，都很少，她担心我压抑了自己的情绪，她的担忧又让我有些苦恼。其实我只是不习惯表达这些东西，觉得反正说了别人也未必明白，何必？"她的眼睛里似乎有些捉摸不定的东西。

"你说和我在一起很愉快，很多时候会愿意随意地分享当下的情绪和思考，你觉得，这是为什么呢？"我打算引导她从这种感觉到的体验中自己去寻找问题的答案。她这般灵敏的女孩，我更多的是给予指引，让她自我成长，并学会自我成长。

　　"你让我想想，我得思考一下。"她歪着脑袋，"我问过自己，我为什么愿意和你分享。不知道这么说你会不会不高兴，我是说你不是我定义中的'好朋友'。"她看了看我。

　　"放心，我不会不高兴，我只会比较感兴趣，那么我是什么，何以得此殊荣？"我笑笑。

　　"嗯……对，好像就是这样。你会比较包容，好像在你这里什么都是可以的。所以让人觉得彼此不会因为持有不同意见而发生不愉快的感觉，或者因为你不能理解我的看法而觉得郁闷。"妙妙说话的时候眼睛看着地面，有的人喜欢在思考的时候不去注视对方的眼睛，而当他把话说完时他的视线才会再次回到对方身上。

我决定做一个宽容的人。你可以随便提意见。

苍蝇安知大鸟之志哉。

我不喜欢你的策划案……不喜欢……

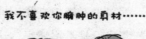

我不喜欢你瞒胂的身材……

但我没说不能教训你……

你说可以提意见……

"可以这样理解吗，我能以宽容的姿态对待你的观点和情绪，所以你不必担心我是否理解你，而愿意与我分享你的内心世界。"

她略微点头，沉吟一阵。"那么，你的感觉如何呢？就是你为什么能做到宽容别人的想法和这些喜怒哀乐呢？也许他们并不理解你！"

我想这应该就是妙妙无法做到畅快地与别人交流自己的看法的原因吧，她不能敞开心胸让自己与朋友们分享彼此的快乐，分担相互的忧愁。首先她做不到宽容，她无法宽容别人与她观点的不合，不能宽容别人对她的思维的不理解。再者，她似乎对"理解"这个词，有更多的限制和有更精密的契合度的要求。

当我们倾听彼此的诉说时，如果我们只是一味地用自己已经设定好的标准去"评判"双方的观点是否与自己相似相同，那可能我们真的很难做到对什么人表达自己，更别说分享内心最私密的喜和忧。不要在与任何人交谈的时候设定太多判断题，只有是与否，去简单判定对方。我们可以让自己的心去海涵和我们有所不同甚至有所冲突的观点，以更宽阔更包容的思路去考虑，对方为什么这么说，为什么这么想，是什么让他这样思考，何以这样表达。这样不但能让你更自如地与各种人打交道，谈心，还能让你具有更丰富活络的思维模式。其实有时候我们会体会到我们不止是在别人的角度听或思考，更像一种学习，未必对当下的问题有所帮助，但是能让我们在思索彼此的过程中给自己逐步建立起一种思考同样问题的不同逻辑。

妙妙还一直在强调一个词"理解"。就像我们各自解读米兰·昆德拉的"活过"这个词。虽然我们在同一个文化体系下学习成长，但是有些词的理解却不尽相同，有的是意义包涵；有的是情感色彩；有的则是程度不同。妙妙的"理解"可能在含义上有更多自己的定义，程度可能要比实际对方能做到的理解要求得更深刻些，所以更多的可能不是别人不能理解她，而是她要求别人理解得太多，太深刻，太精准。这样高的要求恐怕真的没人能做到，就算有也许几率也甚小。如她自己所言，自己都无法完全把握住自己，那别人又如何能参透你？如果她调整对"理解"契合度的要求，她会发现其实很多人都能理解她，她也能理解别人究竟在想什么。而且有时候我们未必需要理解对方说话的深切含义是什么，只需要了解彼此倾诉的目的是什么，心态又是如何。

倾诉的目的大部分时候就是倾诉本身。当我们与别人分享快乐分担忧愁时，也许更多的是学会去体验对方的快乐和忧愁的情绪，而不是真的究根问底对方到底为何快乐，缘何忧伤。而我们有时候也并不是为了向别人详细说明我快乐的缘由悲伤的根结。有时候，只是倾诉，只是简单地把心中的东西分享出来，让大家感受快乐的情绪；只是吐露出来，没有太多要求地把心中的压抑倾泻出来，让大家分担那些独自无法消解的苦闷。

"记住一个最简单的扩大积极情绪或者排解消极情绪的通用法则，多与朋友说说，就是简单地说说。或许比你想象的要收获得多。"

"和同事也能说？"看来这个仍然是妙妙的顾忌。

"那么你愿意和我说什么呢？"我也歪着头看看她。

"不是什么事都要和任何人说，有些快乐只能和这些人分享，而有些忧愁只能和另外的人分担。工作的朋友可以说说生活的事，生活的朋友可以聊聊工作的烦恼。所以我愿意更多地和你说工作上的烦恼。"她快速反应。

"尤其工作中的朋友，如果总是过多地谈论工作上的想法和情绪，可能也会增加工作中的人际负担，真的觉得麻烦。就如你那般做法最好，错开交流。"我给她补充一句。

实在喜欢这样逻辑清晰而又喜欢思考的人，他们自我成长能力很强，只需稍加点拨。

妙妙，你一定能体会到更多来自分享和分担的奇妙滋味。

XIAOJISHOUCHANGHENCAOSHUAI
JIJIYINGDUIZUIGUANJIAN
|消极收场很草率 积极应对最关键|

他坐在我面前烦躁地扒扒头发。这已经是他这个月的第三次来访了，每次都是到了一个他感觉有困难的，需要花些精力和勇气去面对的问题时，就像鸵鸟一样，迅速把头埋进沙堆里。

我把他叫做鸵鸟男。

"出来混社会到今天，十年有余了……我好像什么都没干成。"他眼皮耷拉着。"工作换了几个，这个做的时间最长，还是不见起色。五年了，和我一起进公司的小青年如今都做到经理了，我还是个小职员。人家有车有房，我还是骑个小电驴，跟父母住在一起。"

"你参加工作有多长时间了？"他三十五六岁的年纪，应该有一定的工作经验了。

"我二十岁参加工作，你看看，都工作十几年的人了，竟然一事无成。"他一脸苦笑，"可真是羡慕那些年轻人啊，读了那么多的书，出来就能找到一份得体的工作。"

"他们有他们的成长背景，有他们的优势。你觉得你事业无成的原因就是因为读书的问题？"

"我岂止是事业无成啊，现在连老婆都要跟人家跑了，她嫌我没本事，赚钱少，带着孩子回娘家住了。"他又扒了扒头发。"听她娘家那边的人说，人家给她介绍了男人，至少比我能赚钱。我的工作说好听是个公司白领，其实挣得还真不比民工多，有业绩拿提成，没业绩就吃那点基本工资。"他又避开刚才的话题。

"慢慢来，现在我们先聊一聊你之前说的工作上的问题，好吗？"

"就那样了，做了五年销售，大部分时间在领基本工资过活……听说今年又要来一批大学生，我们这种人真的要没有地方混了。"他又想避开问题要害。

"我想，在你的公司像你这个年纪的人，或者你认识的年龄相仿的人，他们当中应该也有事业有成家庭幸福的吧，他们当中可能有的

人未必比你文化水平高，有的甚至中学毕业而已，照样能在自己的岗位上干得好好的。"他总在以一个已经过去的事情作为理由回避问题的本质，不去面对真正的原因。鸵鸟男躲避着一切问题。"那么我来问一些具体的问题，可以吗？"

他默不作声。

"比如当你的在做销售的过程中，你的客户拒绝了你的推销，你会采取什么措施呢？"

"拒绝我的推销……大部分情况下，"他摸摸鼻子，"我会……继续进行第二次推销。"他不太自然地捋捋后脑的头发。

"嗯，能不能具体谈谈第二次推销？"他好像不敢正视我的眼睛。

"就是……和第一次差不多吧。第二次去的话，起码之前去过一次，别人有印象，就不至于……"他结巴说不出下面的话语。

"就不至于再需要和对方说同样的话，就可以一直在那儿干坐着，等着别人的再次谢绝，是这样吗？还是你其实很少会做第二次推销呢？都是靠着运气或是有人介绍才有那些少少的业绩？"通常情况下，我们鼓励求助者表述自己的情况，但是面对这样只是惯于逃避的求助者，以刺激的方式呈现问题，推他一把，让他置身在其实心知肚明却没有勇气面对的困难中。这三次的来访也足以让我判断他会对任何问题裹足不前，哪怕一小步，都只会懦弱地选择逃避。

简单来说，他不是不知道该怎么办，而是他不想怎么办。人从最开始害怕面对挫折和失败，或者是在经历了一次自我感觉毁灭性的打击后，怯懦地让自己选择逃避，发展至今已经成为习惯性地逃避大小问题。

就像鸵鸟。鸵鸟拥有两条颇为强壮的双腿和蓬松的羽翼，据科学家的观察，鸵鸟在这样的先天条件下奔跑的速度很快，当其遇到危险时，完全可以以卓越的奔跑速度逃脱敌人的追捕，躲避猛兽的攻击，但是鸵鸟选择了把头埋藏在草丛或者沙堆里。这种消极应对的方法在大自然的生存法则中只有坐以待毙的份。而鸵鸟男在战火纷飞的职场，也无疑是扼杀了自己的前程，甚至堵截了谋求活路的每一个通道。

当然，不是每一个人生来都胆小怕事、躲避困难的。有的是在性格养成阶段形成，有的是在成长的过程中经历了一些或大或小的困难，尤其在年幼的时候遇到挫折。家长则因为过分宠溺孩子，或是没有意识到这是对孩子品质培养的时机，没能在这个时刻注重对孩子的引导，鼓励其尝试自己解决问题，而是替代孩子处理掉了这个对孩子来说可能是第一次意识到什么是困难，并建立一种"困难需要自己解决"的思维模式。而有的则是在学习或者工作中，第一次遭遇了前所未有的逆境，一下暴露了自己的弱势和缺点，尽管尝试努力去改变，却未能见到成效，由此产生了躲避的念头。他们与那些不允许自己出现失败和错误的"苛责完美"群体不同，他们甚至没有足够的心理能量去积极应对，只能以消极的鸵鸟姿态躲避自己两个层次的不足，在原先失败中发现的"第一层次不足"，和无法解决这些问题的"第二层次不足"。

鸵鸟男坦言自己是第二种情况，刚做销售这一行时，也是颇为积极地与大家一起征战在各大小客户之中，但是自己业绩始终不如人。也曾请教过一两个同事，但始终不得要领，打击挺大，逐渐开始变成这种前怕狼后怕虎的处事态度，无法面对自己能力不济，更无法承受请教了别人却还是做不好的失败。

但是谁又敢言自己的人生只有成功？既然失败是相对成功而存在，是人生的一部分，那么大方地承认自己做不好，确实失败了，也不是什么无法面对的事情。成功理所应当地要追求，那么失败也是理所应当要学会面对，不要只在自己的认知中肯定理所应当的成功，而回避本来也是理所应当的失败。它不会让你看上去能力不济，你能坦然待之，积极应对才真正能体现你不但具有解决问题的实际能力，还有足够强大的心理能量。鸵鸟男需要重塑这样的认知去应对"第一层不足"。

接下来我要给他进行行为训练以应对"第二层次的不足"。我和他一起根据他的情况制定了一套梯级方案，从最简单的问题入手，逐层增加问题难度。开始着手的问题不能难，必须是轻松得以解决的，这有助于消除他对我们之间共同设置问题难度的疑虑和担忧，并在他解决这些其实轻而易举的问题之后，马上给予肯定和鼓励，引导他用语言的形式呈现刚才这个问题解决时自己的思考，包括考虑的角度和深度。如果有必要我会让他在纸张上呈现，借此带领他从最基本的问题开始，整理出简单的解决问题的思考逻辑。以此模式渐进解决我们设置的越来越困难麻烦的问题，初步建立他的行为认知，第二次甚至更多次的解决不是简单地重复第一次的办法，而是不断地总结改进。

毫无疑问，这是一个需要时间循环往复的训练阶段。鸵鸟男会习惯性地躲避他觉得自己无法解决的问题，这个时候就有可能需要倒退到前一个层级的较之容易些的问题上去，再从解决过的问题经历中体验自己如何克服困难以及克服困难后的成就感和满足感。与此同时需要引导鼓励他进行行为模仿训练，我向他示范当我在与他同样的情境中，我将会表现出怎样的行动反应。比如离开摆放着未解决问题的桌面一会儿，到窗前远眺，休息一下集中太长时间的视力和注意力，然后走回来，大声告诉自己："没关系，这样不行，我还可以换一个办法解决。"起初我会让他一丝不差地完全模仿我的行为和语言去感受这个其实可以轻松克服的状态，然后慢慢让他自己在这个模仿的过程中发掘更符合自己更有效的应对方式，比如他会一边思考如何解决一边念叨，"我就不信，大活人还能被尿憋死。"

几次训练下来，他的能力锻炼初见成效。鸵鸟男反思自己在过去的问题解决过程中虽说会向人请教，但是请教的人似乎太少，或者别人解释的自己并没有理解。就算请教再多的人，别人的方法不适合自己也无济于事，就像他最后从我的教授中发展了自己的办法，关键是要从自己之前一次的挫折中不断地发现问题，改进解决的方法。一次不行来两次，放弃了下一次的机会，就等于放弃了可能失败但更有可能成功的机会。只要掌握了解决的办法，成功的几率自然是越来越大的。

接下来他要进行的就是实战演习了。需要练习如何从单纯的个人困难，延展至人与人之间、人与物之间的复杂问题中。他还要在更艰难的问题中直面多次尝试后的失败，但最关键的不是成功或者失败如此简单的"结果二元化"，重要的是过程中自己如何调整状态和心态去思考应对。哪怕是如他之前总结的文化少的问题，也不是没法解决的。

我让他把他的大型积木收好，也许适当的时候我们还会再需要它。是的，你以为我给他设置了多么麻烦的问题吗？我们就只是从他最感兴趣的大型积木堆砌开始，如何越架越高，越来越复杂精密，仅此而已。

所以他总说，把堆砌好的积木轰然推倒那一刻，记住的不是什么成功失败，而是如何积极应对解决问题的过程。

我想，我不能再叫他鸵鸟男了。

BIAODAYIJIAN ≠ YUYANGONGJI
BIERANGCHONGDONGCHENGMOGUI
|表达意见 ≠ 语言攻击 别让冲动成魔鬼|

　　我坐在雪霜公司楼下的咖啡厅里等她下班，我们约好至少每个星期见一次面。就担心年纪渐长，脑袋里的褶子全长到脸上时，我们站在大街上彼此相望却相忘。

　　已过下班时间将近一个小时仍不见她踪影，我决定上楼看看。还没走进雪霜的办公室就听到两个声音似乎在争执。

　　"我刚才说的不是这个意思，我的意思是这个地方这样做不行，我没有说你的这个方案不行。你刚才……"一个悦耳的男中音，语调里似乎有刻意压抑的激动。

　　"刚才你明明说不行，现在到了雪霜姐这你又来这一套，你到底什么意思啊？"这个声音高昂而激动，有让"战争"升级的意味。

　　我走到雪霜的办公室前，正对过道是一块玻璃隔板，我看到她坐在办公桌后，两个小伙子则各坐一边，表情激动气氛紧张。雪霜看到我便示意我在外稍等，清晰而全方位的视野勾起我观战的兴趣。

　　"原先说好我俩合作一个企划案，初步计划由我做，然后我们一起再商量修改。可是他拿到我的这个企划案，还没看完就说不行！您给做个裁决，究竟这事该怎么处理。"一个小伙子抢先开口，可能因为情绪激动，面色有些泛红。我且称他为小A。

　　"我已经看完了，我没有……"对面小伙子试图开口为自己辩解，就叫他小B吧。

　　"你看完了？那你说说我的最后一项工作是怎么安排的？"小A的语气尽是咄咄逼人的气势。

　　"你不要再说这种幼稚的话了行不行？我们……"小B脸上浮现怒气。

　　"幼稚？你说我幼稚？明明就是你没有把事情处理好，没有看完我的企划书凭什么那么冲动地下结论？"小A打断小B，显然他被小B"幼稚"的评价再次激怒了。

　　"你知不知道什么叫礼貌，你能不能听我把话说完，"小B本来

我对你的计划书有点儿意见。

这样做是不妥的。

你这个老王八就爱乱讲话！

你XX，全家XX……

你骂人，你欺负人！

平放在桌面上的拳头握紧了些，语调也随之提高"我说我不是那个意思，我刚才确实说了'这样不行'……"

"承认了吧？"小A脸上有些掩饰不住的鄙夷。雪霜不置可否表情平静。

"同样的话我不想再白痴地重复第二遍。我的意思是，如果前面部分这样处理的话，会导致整个项目前后无法连接起来，衔接肯定也会出问题，导致最后的项目无法进行。"小B像是终于逮住一个表达的机会，一口气把自己的意见简单呈现。

"你凭什么在那么粗糙地阅读完我的企划案之后就如此草率地给我下这样的结论？你凭什么如此英明神武地'肯定'我的企划案会在衔接部分出问题？"小A一连串的反诘，语调越来越高扬，火药味愈见变浓。

雪霜从始至终没有言语一句，只是微笑而沉默地看着他们，似乎心中另有打算。

"请你别那么幼稚！我们是在谈工作！不是在斗嘴！"

"难道我不是在跟你谈工作吗？你要是对我有意见就直接说，犯不着这么扭扭捏捏拐弯抹角地批评我工作这样不好那样不行。"说罢，把脸转向一边，肢体语言和表达出现矛盾，小A显然更不可能接受别人的直接批评。

"你老是这样意气用事无理取闹，看来我们没法谈了。这样吧，今晚我再仔细看这份企划案，然后把我的观点和意见写出来，明天……"小B的语调也随之提高，肢体更紧绷了一些。

"详细一点。可千万别有什么顾忌。"小A下巴抬起，环臂抱于胸前。拒绝意味相当明显。

"抱歉，雪霜姐，让您看笑话了，"小B从椅子站起来，稍稍欠身。"我们的问题现在先暂时这样了，耽误了您的时间真的很

这是我做好的计划你看一下。

幼稚，无知。

我可是请教了专家的。

这个计划，很幼稚。

计划是我做的，你说谁幼稚？

我幼稚……看不出是经理您的大作。

抱歉。"

　　雪霜并未着急对他俩的此次争论作何裁定，只是站起来走到小B身边微笑着拍拍他的肩，缓缓说道："其实你们若真要我仲裁，我也确实仲裁不出什么结果。你们知道的，我向来看好你们俩，"她转身看看旁边的小A，"你们的东西肯定都是经过认真思考得出的精华，一定有各自闪光的地方。但是，"她话锋一转，语气增添担忧："我把你们都当做我的左右手看，我真的很希望你们俩不要每次合作一个案子都这样刀光剑影。人家是合作下来增添越来越多的默契，可是我真不知道是什么原因让你们每次都因为一些小问题针锋相对。其实公司里也有不少人向我反映，都说你们不太好相处，这一点你们倒是挺和谐的。"她笑了笑，"所以，我今天不想对你们的这个企划案发表任何意见，我想就我观察你们俩刚才的对话谈谈我的看法。我希望我的左右手能更得力地配合我的工作，做出更好的成绩。"

难怪雪霜在整个争论过程中一言不发，她是想解决这两个小伙子因为不懂怎样有效交流而阻碍工作进展的问题。单凭她刚才那一番话便知她是深得说话之道的，明明是两个小伙子的问题，她机智地把它转化为她的左右手来表达，巧妙地让这句话的意思乍听上去是她的毛病，再一体会还能感受到被关心的丝丝暖流。这应该是比较高的表达水平了吧。

　　"其实你们的问题就出在你们没有能够让自己的意见表达得恰如其分。"她直截了当地向他们呈现问题的关键所在。

　　他俩颇有意思地立即转头看向对方。

　　雪霜气定神闲，语气轻柔地给他们作了细致分析。人们在需要表达自己的意见与周围人作沟通的时候，首先要注意的是说话的礼仪，说话过程中注意把握的语气语调以及自己的肢体语言等。表达时如果一方语调开始上扬语气开始激动，则可能会使本来就已经紧张的气氛进一步加剧，让双方都逐渐张开战斗的利刺。比如当小B说话的时候，小A把身子向后靠拉开距离，或者环臂抱于胸前，以肢体语言很直白地表示了他对小B的抗拒。而小B握紧的拳头泄露了他对小A逐渐加剧的不满。双方能从一些具有典型特征的肢体语言和面部表情感知到对方此刻的情绪和思维的端倪，尤其是表露出来的是不尊重或者具有攻击性的意义时，也会催化"战争"的爆发。

　　虽然交谈的双方都不是以制造"战争"为目的而来的，但是他们都会觉得"因为对方没能好好表达意见而让交流无法进行"。是的，双方都这样想。如同他们在交流时觉察到对方的愤怒，却没意识到自己也同样剑拔弩张。

　　再就是语言的使用和表达。在陈述自己的观点提出自己的意见时需要把握好火候，注意分寸，让表达有节制并且有效果。小B在提出自己对小A企划案看法的时候，"言简意赅"但选用词汇分量过重，导致小A又是一阵怒火中烧。他既没有中肯地评价小A企划案中有值得肯定的部分，也没有详细阐明到底为什么"肯定"了对方的策划无法进行。在一件没有进行的规划面前谈"肯定"未免稍显轻率。何况对方是与自己同辈的同事，更是容易激化彼此的矛盾。但是他们的矛盾爆发似乎是因为小B一句语义含糊的"这样不行"而引起了误解。有些表达需要婉转给彼此留些余地，有些表达则需要字句明晰语义清楚。

在整个对话中小B也和小A一样有一个最突出的毛病，小A喜欢打断对方的说话，小B容易不由自主地使用贬义明显的词汇攻击对方。

其实在这些看似只需要加强一些交谈礼仪训练的不恰当交流背后，似乎透露着让人难以忽视的心理动机。小A似乎觉得别人是因为对他这个人有意见所以才会对他的工作挑三拣四，故意找茬。他也基于这样的认知在与他人交流时首先给自己建立起了铜墙铁壁，不轻易接受别人的观点，同时还装备了无数明刀暗箭，对方说的话稍有不合意立马展开狂轰滥炸，更不要说心平气和地多提两个问题明晰对方所要表达的意思。当我们在表达自己的观点与周围人进行意见交流以谋共进的时候，首先注意不要给自己树太多假想敌，不轻妄对方的想法，否则很容易将过多的主观认知投射到对方身上。同时自己也应该作好迎接一切可能的心理准备，对方的同意、否认或者保留都有他们自己的原因和理由。要学会在别人表达之后，诚恳地询问对方"为什么？"或是"你的意思是不是……"不要动不动就觉得别人找你挑衅。

而小B数次使用的形容词"幼稚"，也无意中泄露了他对小A这个人的一些主观判断。包括他的为人，他的说话处事，他的企划案，似乎在小B眼里都贴着幼稚的标签，所以他才会在没看完小A企划案的时候就草率而"言简意赅"地总结一句：这样不行。不乱给人贴标签，不轻言别人的对错有无，这应该是一个人的基本修养，也是自己需要有深刻认识的适当谦卑。如果只能以贬低对手来相对提升自己的水准，那恐怕不是简单的骄傲于自己有能力，而是恐惧于自己没本事。

从雪霜条理清楚的分析来看，她的心理咨询师资格证确实没白拿。我想此刻若有所思的两个小伙子应该不但从理论上得到了深刻的指点，更应该从雪霜整个静心倾听，巧妙转合，拿捏得当地表达自己观点的这个过程中，切身感受到这样的言传身教将会让他们受益匪浅。

WOSHIXIAOZU
WOKUAILE
|我是小卒我快乐|

夕阳的余晖给海面涂上一层薄薄的晕黄，晚霞海景接连成片，层层渐变。海风习习，酝酿着些欲说还休的情绪。两个年轻的女孩，黑发白裙，无论到哪儿都是一道让人忍不住侧目的风景。人美景美，令人惬意。

她们的声音不高不低，轻柔悦耳。"我好像喜欢上了一个人……"卷发姑娘羞赧地说道。

"哈哈，你脸红了！好像第一次看到你对一个小伙子这么动心哦！"为好友遇上美好的爱情而欣喜，她笑起来时，脸上泛起两个可爱的梨涡。

"后来陆续联系了几次，也见了几次面，但是我觉得好像和他越来越远了……我和他相差太大。"卷发姑娘最后这句话语气落寞。

"怎么了？"梨涡姑娘声音里满是关切。

"他是另一个公司的经理。我只是一个文员，顶多算个小小白领啊……"最后一个"啊"字微弱到只绵延成一声叹息。

接下来，两人同时沉默。

我坐在她们身边的一个独凳上。我以为，这个谈话就这样到此为止了。

"其实，我很早以前就想和你好好谈谈这个问题了。到底你是怎么看你的工作这个问题呢？好像你觉得自己的工作，让你很不舒服。"她关切地询问。

"对，你说得没错，我确实觉得这份工作没前途也没钱途！整天就是在和简单枯燥的文字打交道，还要给人端茶送水，"她的语气越来越激动"你瞧瞧人家出去跑业务的，多风光，整天都春风明媚的，业绩好的时候提成数都数不清。"她好像突然想到什么，"我还真佩服你，不知道你怎么能这么安然地做这份工作，好像还挺开心的。"

"和公司的其他同事比起来，他们的工作比我们要求要高得多，学历比我们高能力比我们强，而且人家也比我们责任重。这个你知道

每天都是与简单枯燥的文字打交道。

还要端茶送水……

彼此羡慕嫉妒……

每天都来干点儿文字活可真轻松啊！

的啊。再说了，各司其职，既然每个公司都少不了文员的工作，那就说明文员虽然是一颗小小的螺丝钉，但是一定有它的价值所在。在其位谋其职，能认真安心做好自己的工作是目前最重要的事。"梨涡姑娘的话，简单却明了。

"还有你说的待遇问题，钱多有多的花法，钱少有少的过头。只要能保证基本生活开销，有计划的消费生活也还是可以的，还要学习一些理财知识，我觉得这个对我们这些收入较低的人来说还是挺重要的呢。"

很理智。无论是要追求多么不靠谱的梦想，或是甘愿闲散于多么清贫的生活，基本生活保障是必须的，否则一切免谈。

"难道你想一辈子都这样过吗？你不觉得这样很没前途吗？"她继续说道，"我觉得只有自己当老板才有前途，可以自己做主啊。现在哪个年轻人不想自己创业啊，这样才有自己的事业嘛。"卷发姑娘的想法似乎是现在年轻人流行的观念：必须创业，怎么可能当一辈子小卒？

"以前我也跟你一样，我想加盟小吃连锁。后来公司里一个前辈和我说过的一句话让我印象很深。她说，你们这一辈的人总是想着一句话，不想当将军的士兵不是好士兵。但是一个军队里怎么可能全是将军没有士兵？当时这句话让我想了很久。"她的语速放慢，似乎又陷入回忆中。

"这么说，好像也有道理。但是不能因为一个军队只有一个将军就不去争取啊。反正还是想自己当老板。"卷发姑娘也挺坚持自己的观点。

"那就看自己的本事吧，做适合自己能力的事。或者是让自己有能力去做自己想做的事，反正没谁拦着你不让做老板，就像你刚才老是说你觉得没前途，命运掌握在自己手中。真要有那个决心和努力还怕做不成事？"梨涡姑娘顿了一下，"有时候我们把事情想得太简单，总在想自己当老板，却不想如果要当老板需要有什么能力，需要做什么，要达到这个目标，还要学习什么，准备什么。"

果然是个聪明姑娘。

"我觉得你对问题都挺有见解的，工作这些年应该没少学习吧。我好像很久没有时间和心情看书了，有时候就算有时间也是上网打发，根本提不起劲去看什么书，觉得都没用了，做什么都觉得没用。"卷发姑娘的状态看起来颇为起伏，一会儿斗志满满地想要做能主宰自己命运的老板，一会儿又哀叹自己不过只是个小小的白领。

"是不是偶尔还会有些焦躁或者低落的情绪交替出现？"我忍不住冒昧地加入她们的谈话。"不介意我加入你们的讨论吧，我对时下年轻人的想法和价值观很感兴趣。"

"欢迎欢迎，我们就是随便聊点自己的困惑，但是真的很希望得到你们这样的前辈指点，你要是感兴趣的话就一起聊聊吧。"梨涡姑娘开朗地表示欢迎。

"姐姐你说得一点都没错，有时候觉得自己应该按照自己一直以来的理想去拼搏，去奋斗。但是有时候又觉得自己很糟糕，什么都不想做，什么都不能做，也什么都做不好。很烦躁！"卷发姑娘皱起眉头。

卷发姑娘描述的状态应该可以引起现下许多年轻人的共鸣，颠簸于高涨和低落的情绪之间，不为别的，就为自己从小树立的远大理想和眼下看起来微不足道的工作纠结着。每一个经历过九年义务教育的中国孩子都写过一篇作文《我的理想》。至于最终有多少孩子实现了自己的理想就不得而知了，总之我们都知道，从那篇作文开始，大多数的孩子都开启了一扇追逐理想的大门，尽管这个理想没有什么成熟的认知作为支撑。我们都只是知道医生是穿白大褂可以帮助病人开药

的，老师是可以坐在讲台上不用写作业也不需要考试的。

也许我们的理想在成长的道路上被逐渐修正完善，但是我们却习惯了把理想定在一个可以离自己很远的位置，时间上是这样，实际操作上也可能如此。就像卷发姑娘那般，她是一个文员，但是整日憧憬着当老板，甚至连老板要做什么，该具备什么素质这样基本的问题都没考虑过，只是让理想仅仅停留在空想阶段，然后不断地鄙夷自己手头的工作，成为一个怀揣五彩梦想却十分郁闷的小卒。

不少年轻人怨声载道，每每谈及理想，总觉得现实太残酷，理想太脆弱，但又总也克制不了自己去做遥不可及的梦，说到自己想做什么职业，不是老板就是局长，或是跟自己完全不搭界的行业，说不上具体的原因，却能说出一堆理想实现后自己的状态。

其实理想是否正确谁也没资格说，人只能活一次，你不能回过头去纠正，也不能有所比对地重新选择，你能比对的只是别人的经历和经验。痛苦的不是追求了错误的东西，而是哪怕是个错误的追求也不知道从何下手，看着五彩纷呈的泡沫在天空飞，却不知道该怎样抓住它们。

可是每一个人都能抓住理想吗？没有人统计过，可能这也并不是一个需要严格统计的问题。或许我们在追逐的过程中改变了原来的方

年少谁梦。

青年追梦。

中年作最后一点挣扎。

也许我们终其一生都不过是一个追逐的过程……

向，又或许其实我们只是在依靠着这种"有目标才有动力"的积极心态乐观向上地度过每一天，在任何一个岗位上，哪怕只是一个小卒。

就像梨涡姑娘那样，尽管她看上去没有任何宏伟的理想目标，但是她能认清自己手上工作的意义和价值，能在工作的经历中不断学习和磨炼自己乐观开朗的心态，让自己以豁达的姿态关注并包容更多有价值的东西。待到时机成熟时，资源整合，水到渠成。

在培养这样的认知和心态的同时，还可以为自己遥不可及的理想脚踏实地地作些努力，把自己宏伟的目标呈现出来，但是不能只是呈现这个目标给你带来的美好体验，得明确要实现这个目标必须具备什么素质，何等能力。不要羞于向前辈或是同辈讨教，然后以倒推的形式思考如果需要具备这样的能力应该做什么，如何做，一步步细化到眼下你力所能及的第一个小阶段，让你的目标从华丽而虚幻的泡沫，具体为每一个可操作的小步骤。最好能衔接上手头被你轻视的工作，发掘其中能够锻炼你的地方。既能让自己安心实在地做好该做的工作，谋个生活，还能充满朝气地奔向五彩斑斓的梦想王国。

你可以是小卒，但你没理由让自己不快乐。

第四章

生活拒绝亚健康
精神抖擞奔小康

SHENGHUOJUJUEYA
JIANKANG
JINGSHENDOUSOU
BENXIAOKANG

ZHOUMO——NENGZHAI
JIUZHAI
|周末——能宅就宅|

成浩是以名为"用双脚绑住翅膀的鸟"的ID在我的博客里留言，并发了私信。

"老师您好，看我的ID不知道您会想到什么……还是先向您说说我的情况吧。我参加工作已经七八年，是个奔三的人了，工作挺稳定，但是我渐渐发现自己不知不觉地成为了'宅男'。除了上班和必须的应酬，我几乎就是足不出户的。父母老是埋怨我为何不交女朋友，我自己觉得宅在家中失去了交女朋友的一些机会，而且总感觉这样的生活方式是有些问题的，希望能有机会与您进行交流探讨。还有，我大学刚毕业的表弟似乎也是个十足的'宅男'，整天待在家里不出门。按说应该是积极地满世界跑着找工作的时候，不知道是不是受了我的影响。我诚恳地希望能预约时间带上弟弟向您请教这些问题。急切盼望您的答复。"

约时间是简单的事情，但在这之前我得先和他解释清楚一个问题。

"你好，用双脚绑住翅膀的鸟。你的名字听上去很有意思，但是我还不确定我对此产生了什么想法，这个得在我们进一步交流之后才敢言一二。我想首先向你说明的一个问题就是，既然给我发出信件希望交流探讨的人是你，那么我就只看，也只看得到你的问题。就像你的父母和你共同关注着你的婚姻大事，但是他们关注的是你为何不交女朋友，而你关注的是自己越来越宅的行为。同一个问题，每个人都有自己的视角，而我只能解决向我直接陈述的当事人的问题。

尽管你们都是'宅男'。可实际'宅'的原因却未必相同。所以你们二人的情况不能简单判断是否属于同一种性质的'宅'，当然也就不可能同时作咨询。而且每个人的问题总会因个人因素千差万别，具体问题具体分析，下药还需对症。不是吗？

若可以，下周六下午四点我的咨询室见面。"

"整天待在家里不愿出门"就是已经不新潮但是仍旧相当流行，存在庞大群体的"宅族"。宅文化起源于日本流传至中国，但是与日本的宅文化有所不同。"宅"在日本多为贬义，指那些沉迷于色情文化或是在社交方面有一定障碍而形成不健康生活方式的群体。但在中国，从某个角度来看，它是都市白领一种流行的生活方式。宅文化在中国还衍生出诸多种类，不好轻易判断这哥俩究竟是哪种宅，原因何在，程度怎样。首先得确认"被双脚绑住翅膀的鸟"是否真如他自己所说的愿意到咨询室与我交流，需要初步判定他的"宅"是不是病理性的，这样做也遵从求助者对心理咨询的自愿原则。

周六下午，"被双脚绑住翅膀的鸟"如约而至，是个斯文清爽的年轻人。他说他叫成浩。

聊了几句，看来他还是个知识面比较广的年轻人，对心理咨询有一定的了解，也并不排斥与咨询师多作交流。他说，毕竟心理咨询师接触的人比较多，从专业角度去看问题，能发现一些隐患，也许大多数人都只是游离在健康与不健康的边缘，没事的时候就开心快乐，一旦有导火索可能就会引发比较严重的后果。

他的陈述淡定沉着，平静清晰。这个年纪的男子能对自己对事情理解得条理干净，态度明晰实在难得。但是咨询从来都不能轻易下定论，看上去有很强的阻抗和完全的顺从很有可能是一样的，表现出绝对的配合很有可能是被反向演绎的，更为深刻的阻抗。

　　几个问题交流下来，他的态度自然大方。尤其谈及作为白领宅族的看法时，他分析了自己的感受，也坦诚地提出了自己的困惑。

　　"我是从事计算机工作的，所以一直比较关注计算机技术和互联网技术的发展更新。在公司我是做技术研发的，自己对这方面也需要不断提高，而且我从小就很喜欢计算机。"他微微一笑，"尤其工作这几年，碰上了很多实际应用的东西，和以前纯粹学理论不同，我需要在工作上耗费的时间难免就多了，经常需要回家再自己钻研。刚开始工作那两年还有一些社交活动，和同事同行或者以前的同学旧友有

早上研发程序。

中午研读书籍。

下午研习打铁。

晚上研究针线。

聚会，后来逐渐发现自己的社交活动次数越来越少。但是做我这种工作的，有时候真的是好像已经习惯自己一个人独处，需要安静地思考问题。以前还经常有朋友招呼着一起出去，现在几乎没有了。"他似有些无奈地笑笑。

"就是说，'宅'是慢慢养成的，并不是因为从小的性格使然吧。"

"是的，现在看来真的是逐步逐步变成了'纯宅'。"他若有似无地叹了一口气。

"怎么了？听口气似乎你不太满意这样的状态。"我问道

"说不上来的感觉，总有些不太舒服。可能这也是我希望找您谈谈的原因吧，心里总有些……堵。不知道这里是不是已经有了什么隐患。"听他语气里有一丝淡淡的担忧。

"假如你有了一个自己独处的计划，但是现在有一个很好的朋友约你一起聚聚的话，你会作何选择？"

"肯定是坚持自己的独处计划。"成浩毫不犹豫地回答。

不管他的独处计划是要处理一项多么繁复或者重要的工作，他毫不犹豫的态度显然表明他已经逐步从行为上的"宅"过渡为心理上的"宅"。

行为上的"宅"大部分时候是如成浩之前所言，因为工作需要有时候必须在工作上多投入时间精力而养成了让自己在家"宅"的习惯，但是在面临外出和"宅"在家中两个选择时毫不犹豫地选择了"宅"在家中，这样的情况下则不能简单归因为工作需要或是自己的学习要求，而是有些拒绝与社会多接触，与人多作交往。

这种变化没有太多认知上的扭曲，是一种慢慢从行为上日渐形成的无意识的认知转变，形成新的行为意识反应。先是有意识地让个体独处，形成习惯后，渐渐延伸到习惯让自己的心、自己的意识只停留

每天都宅在自己的世界中。

通讯录里只有父母……

我是经理。你现在在忙什么？

我不认识姓经的人啊？抱歉我不出门的……

加班！

在自己营造的空间和氛围里。

　　我们每个人都可以有只属于自己的世界，但是它不能太大，占据太多空间。虽然它会让我们对周围的想象更丰富以及对自我的探索更深入，但是却会让我们失去对周围由人组建的这个社会和其间的人际所带来的种种感悟，各样体会。我们可以独自去欣赏大自然的美，但是当我们结伴同行，我们或许可以感受更多的乐趣，自然的乐趣，人与人交往的乐趣。成浩说自己觉得有些堵，是因为少了人际交往的乐趣体会吧。

　　既然它是一个由行为习惯逐渐过渡来的心理习惯，那么就应该从行为上开始逐步有意识地投以关注并进行适当调整。我让他列举了每个周末待在家中会做的事情，他开出了长长一张清单，由最重要的"研究本周工作中遇到的疑难技术问题"开始，到"翻阅哲学书籍、计算机或军事杂志"，再至"修整已经进行半年有余的轮船模型制作"。这三项中一周工作技术研究是成浩必须要做的，只有当这个事情进行完之后才会腾出时间干剩下两样，

既然成浩会雷打不动地把最重要的"疑难技术研究"摆在首位，那么这部分对他来说一定具有相当重要的意义，也符合他对自己的要求，而且从健康行为认知这个角度来看这也不是可以随意被否定的。但是毫不犹豫地因为自己的独处计划而放弃最好朋友的邀约，未免稍

显极端，既然他是"宅"在心里，那么就应该从最能体现他这种认知支持下的行为进行潜移默化的调整，尤其注意这个行为的调适不能一开始就是他周末"宅生活"的重要组成部分，而是从那些比较次级的，甚至次数较少的活动项目着手。成浩说自己其余还有一些活动项目，但是自己会做到这些事情的几率都不算大，比如兴致上来学习煮一道菜，或是打篮球，到郊外骑自行车。当我向他确认打篮球或者骑自行车都是自己一个人的活动后，我决定让成浩从这两项虽然不是"宅"在家中，但是却"宅"在心里的独自外出活动开始入手。

我让他注意自己如果哪个周末有打篮球或者骑单车这两个活动安排时，就坚决用红笔划掉，替换为约上自己最好的朋友组织一次周末聚会。在此之前他要与最好最关心他的一些朋友交流自己目前的需要，让他们能尽量在周末自己需要与他们聚会的时候保证至少有一个人可以应邀参加。活动内容可以首先由朋友安排，成浩只需要跟随着大家的脚步去感受朋友间相处的欢乐与温暖。接下来可以逐渐自行安排自己想要的活动主体和形式，让更多的朋友感受到属于成浩自己气场的人际交往，从而更多地分享成浩原先几乎密不透风的个人世界。

成浩可以在这样的尝试中，渐渐固定一个聚会时间，再逐步动摇自己会毫不犹豫选择独处计划背后的"宅"心理。独处计划可以坚决执行，爽快应挚友邀约也同样重要。因为它们都不只是"宅"在家里或是玩在外面的简单行为，更重要的是让自己体会到自己的世界可以保留，但同样不能忽略人与人友好相处的另一个世界，并宽容而开放地把单人房里的自己适时放出来透透气，与友人多作交流分享。

成浩临别前和我握了握手："非常感谢，以后有问题我会提前和您预约。那么我表弟……"他有些迟疑，好像不知道该如何请教表弟的问题。

"从他愿意接受咨询开始吧。"

成浩了然地笑笑。

WANSHUIZAOQIAOTONGXIAO
SHENJINGXINGFENWEINABAN
|晚睡早起熬通宵 神经兴奋为哪般|

小明的微博里出现得最多的留言就是："你好，夜幕。"

究竟小明多晚休息，多爱夜幕，不得而知。莫非他默认的"生物钟"里睡眠时间比常人的短？如果真是这样，那他一天可能只需三小时的睡眠就会和普通人睡足八小时一般健康自然，生龙活虎。和拿破仑一样！

但是我仍然担心他。于是我在微博里向他发出邀约："现在，咖啡屋见。"

约莫一个小时，便见到小明从公交车下来，步伐轻快地朝咖啡屋走来。

"看样子你的精神不错。"我说。小明俊逸的脸上看不到丝毫困倦的神色。

"不错吧，"他颇显得意，"我刚熬夜完成一项工作呢！我基本上都是晚上两三点休息然后早上五点就起床，有时候经常通宵干活。我在一家中外合资的游戏公司做网络游戏程序开发。"说到自己心爱的工作他眼里闪耀着兴奋的火花。他停顿了一下，招手叫来服务员："给我一杯Espresso。"

Espresso是意大利浓缩咖啡，苦涩，提神功效相当卓越。也许小明的问题不如看上去的那么简单。

"有时候需要玩命工作就得喝这么带劲的咖啡。我们最近在赶着做一款即将引爆整个网游市场的游戏软件，而且我也参加了前期的动漫人物造型设计。"他喝下一口咖啡，表情自然还颇为享受，看来是习惯了这个味道，经常需要这样的刺激。

"工作进行得顺利吗？任务是不是很繁重呢？"

"找到了施展的平台，总觉得自己身上有一股使不完的劲，哪怕是连续几个月的加班也不觉得辛苦。"他停顿了一下，"有时候，有的同事自己的活干不完了就全扔我这，我很乐意，说明大家认可我。"

帮同事处理公务说明我有工作能力。

帮同事送文件说明我跑得快。

帮同事买茶水，说明我买的好喝。

帮同事奶孩子，说明我喂养得好。

乐意帮别人干活，并认知为别人对他的认可。这句话里是不是还有些别的东西没有被发现？

"嗯，认可。你把别人干不完的活给你干认为是一种'认可'。那么你觉得别人还有一些什么表现让你认为是一种认可呢？"

"比如还有别人做不了的事情找我解决，别人愿意大小事都找我帮忙……反正挺多的了。"他突然有些迷惑地看着我，"这有什么问题吗？"

"嗯，我想看看你如何看待这个问题。那我再把刚才的问题缩减一下，你如何看待'认可'这个问题？"

"这个问题……和刚才那个问题有什么区别吗？"他顿了顿，继续道："你这么说让我想起了一件事，大学时我老是天昏地暗地玩网游，我爸爸知道了当然是生气得不行，爸爸差不多就是我从小到大的偶像，我很听从他的教导。我记得当时他只说了一句话'往后，你要在这个社会上生存，只知道玩游戏，这个社会如何认可你，你应聘的单位如何认可你。你要如何让自己被认可然后在这个社会上立足？'"说到这他长长舒了一口气，"还好，我现在做到了，我得到了大家的认可，我很努力的。"

听罢他的话，那些暗隐在我脑子里的联结逐渐明晰起来，逻辑清楚了。

小明之所以能让自己持续这种高强度兴奋的原因有两个，一是他在日常生活中的不良生活习惯，晚睡早起还动不动就熬通宵，并且经常饮用含有较强兴奋作用的咖啡。他这样的情况应该不是属于只需要小睡两三个小时就能满足的异常睡眠需求机体，他更多的是依靠外在手段不断地透支自己的精力和体力。尤其小明游戏程序开发的工作性质让他难免经常处于兴奋的状态。再有，也是根源性的因素。父亲被孩子认可为偶像，孩子将会高度认可并模仿父亲的认知和行为。小明父亲一次语重心长的谈话，开启了他对"认可"这个主题的思考，加之也许他之前并未意识到这个问题的重要性，所以父亲一个导向性明显的指点，让他给自己建立了一个逻辑——"认可，就是得到社会得到他人的认可"，而自己必须努力得到他人的认可，才能在这个社会、卓越的公司有饭碗，有安身立命之地。所以当我对他提出第二个关于"认可"的问题时，他认为没有区别，因为在他的认知里，"认可"就是"被他人认可"。

与其说他保持在一个高度兴奋的状态，倒不如说小明在持续不良生活习惯的干扰和潜在性焦虑情绪的影响下无法保有足够睡眠时间。

小明可能对很多问题都没有过足够的深层次的思考，所以在一遇上这样能触及他心灵的问题时，就容易得出被一些指向性明确的言论植入的现成理论，而不是在经过自己冷静理性的思考后得出的符合自身状态的结论，尤其对方还是在自己的价值体系里认可度颇高的人。年轻人总是这样过来的，接受现成的理论，然后亲自去实践，最后逐渐在自己亲力亲为的实践中，整理契合的点并发现矛盾的点，进而重组形成属于自己的，也符合自己成长体验的观念认知。

对于小明而言，他对"认知"这个问题有了表层的认识，就是如他所言"认可就是他人的认可"。接下来他需要学会让自己放慢节奏，降低持续的兴奋神经活动，让自己静下来，学会用眼，用心去看看发生在自己身边的人和事。当别人习惯于把自己的工作交给你做的时候，当别人大小事都找上你的时候，或许未必是对你能力的"认可"，或许你也知道，而只是没有为自己的"认可"概念找到更多元的角度去理解，你让自己囿囿在那个单一的认知中。你需要逐步让自己体会"认可"除了包含别人的认可，更多的是自我的认可，自己对自己的肯定，并坚定这个会让你拥有更健康更周全的认知。

有人会因为过分自我认可而陷入盲目自大中，而小明需要做的是从现在开始找一些自己独立完成的事情，屏蔽掉周围的认可体系、价值标准，从实际的体验中建立认可，学会欣赏自己在独立完成一个或许容易或许艰难的任务中所体现的自己的能力和价值。

从小明的个案来看，晚睡早起，甚至通宵达旦的高度兴奋，都是有属于各自的根源性因素，可能潜藏着焦虑等心因性因素，但也可能是由于生理病变引起的。职场人士至少要学会一些方法初步判断自己的异常休息状态究竟缘起何处，以便对症下药。在现代社会环境中，白领们的自感压力普遍呈现上升趋势，自感压力意味着，也许外在环境并未发生改变，但由于自身认知的改变而引起大脑内、情绪上，对

强烈要求每个周末都加班！

请各位把工作都交给我！

给我们公司送水的大哥我都会背上楼！

小强在哪儿？

我热情洋溢地保护每一位女同事！

一个事物的认识与体会加深甚至重组。无论哪个年龄阶段的白领都有自己觉得无法摆脱的紧张焦虑缘由，年轻的自认经验不够难以立足甚至生存艰难，中间的觉得后有追兵前有虎，年长的觉得自己即将无力抗衡新生派势力，地位岌岌可危。在这样的危机意识下，会呈现许多各异的表征，有些反应为因更换了办公环境而失眠；有些是与同事之间产生龃龉而情绪波动导致入眠困难、睡眠时间缩短等等。但是与此同时也不能忽略单纯因为身体疾病引起的休眠异常，比如心脏、颈椎以及肠胃等骨骼和脏器的病变是需要尽早就医的。不但是缓解身体上的痛苦，也是调整由于生理病变引发的心理疾患，心理与生理的疾病相互影响，互为因果。

当自己开始出现晚睡早起或是失眠时，不要过于大意忽略，但是也不需过分紧张担心，这样的兴奋情绪只会让休眠异常状态加剧而不会缓解。可以在一个放松休闲的状态回忆自己这段时间来是否遭遇了一些影响触动比较大的事情，或是工作上遇到了前所未有的机遇和挑战。适当条件下可以到医院进行健康检查，因为如之前所提到的，生理与心理上的疾患是互为因果的，有时候难以确定究竟是什么问题为根源。如是说在睡眠异常后，健康检查也同样出现了问题，就需要同时进行双向治疗。

反观小明的晚睡早起，频繁熬夜，已经分析出他并非生物钟特别而是潜在焦虑让他不由自主地兴奋，结合之前的认知调节，了解了他的工作高兴奋度尤其需要注重劳逸结合，才能以更好的状态不断地投入到工作中。我建议小明同时在其他方面也注重协调配合。首先逐步调整晚上睡眠时间，将每天晚上睡觉的时间以一周或者半个月为一个阶段，每个阶段将上床睡眠时间提前二十分钟或半小时。最好在睡前洗个热水澡或是泡脚按摩，一边听一些舒缓放松的音乐。躺上床之后不要再翻阅与自己专业有关的书籍，同时也要注意思维和情绪的调节放松，不要总在脑子里强调"自己提前休息了，希望赶紧睡着"之类的，会增加情绪负担，当睡眠成为任务的时候，这个任务是几乎很难完成的。但是可以凭借意念，引导自己从头到脚逐步放松，调整呼吸节奏。按照小明这样已经在几年时间中习惯了晚睡早起的情况，他的调适过程可能会更长或者遇到更多反复，但是只要他能坚持进行调整，剩下的只是时间问题。其次小明还应注意卧室的整体环境，像小明这样想起工作就会精神兴奋的情况应该尽量避免工作室和卧室混在一起，在卧室的布置上也要注意使用柔和明静的色彩，不要摆放与工作有关的书籍或者办公用品。但是清晨如果醒了就不必为了所谓的"八小时健康睡眠"而让自己赖床，这样反倒不利于一日之初的精神面貌，甚至会影响一整天的状态。

　　我希望看到小明的微博里能出现"你好，清晨"。从隐匿的暗藏的焦虑情绪中走出来，在明媚的阳光下拥抱自己！

JINZHANGDEGONGZUO+GAO QIANGDUYULEDUANLIAN=WOXU YAODOUZHIANGYANGDEZHUANGTAI
|紧张的工作+高强度娱乐锻炼|
=我需要斗志昂扬的状态

　　健身房的老板红姐悄悄把我拉到一边，指着不远处一个在跑步机上挥汗如雨的中年男子说："他不久前才加入我们会所，起初没觉得有什么问题。这一个月下来我发现他的运动量很大，"她看了一下我，"不太符合这个年纪的人所能承受的运动量。你知道的，我们这里是全市最好的健身会所，见识过很多类型的健身会员。"红姐微微叹了口气，表情看起来有些凝重，"我还特意请了专业人士来看过，他们的建议是尽量劝他不要这样高强度地运动，会出问题的。"

　　"那么您觉得我可以做些什么呢？"我颇为奇怪她为何找我说这事。

　　"你是心理学家，你看看是不是他的心理出了什么问题，才会这样健身。他这哪是健身啊，简直就是玩命。"此刻她的神色看上去又多了些担忧。

　　我更关注站在我面前和我交谈的她，她为何如此担忧一个会员，不太像仅仅是害怕他会在会所出事。

　　"我会注意这位先生的。如果有需要，我会尽力帮助他，但愿他能接受。"我看到红姐的脸色稍微缓和，她真的在担心这位男士，或者说，是关心。

　　每个星期我会到会所健身三次。每次都遇上这位男士，他看上去精神状态要比同龄人好，但毕竟是有了年纪的人，那样强度下的运动让他不得不总是停下来休息调整，但是据我观察他不太允许自己有过多的休息时间，看上去有些紧张，像是担心自己的运动量不够。因为在跑步机上他不会看运动了多长时间，却似乎严格地限制每次休息的时间。

不好轻易下什么结论，但是红姐的担忧增加了我对这位男士的兴趣。在他锻炼结束后，我主动走过去和他搭讪。

"您好，我也是这个会所的会员，注意您在跑步机上运动已经很久了，您的运动量赶超了这里的所有会员啊，几乎成为明星会员了。"没有人会希望别人一开始就否认自己的努力。

"呵呵，是吗。"他的神情看上去有些得意"可是老板娘对我好像一直不太满意呢。"说罢他朝红姐的方向看去，口气听上去二人关系匪浅。

"是不是您的工作压力太大了，所以希望通过运动来放松呢？"尽管我感觉得到他应该不是在放松，没有一个放松的人会在休息时间掐表计算，但是我希望通过另一个话题让他接受交谈。

"我的工作确实有压力，我是从事证券的。"他忽然转过脸仔细地看了我一眼"你是那个，搞心理的？"他像是发现了什么。

"对，恕我冒昧。我想您也许会需要我的帮助，当然您有自主选择的权利，这是我的名片，有需要就给我电话。"我递过名片，但估计不到他会何时给我电话，是否会给我电话。这个年纪的男人，事业有成，思维缜密，自成套路。

在接下来的几个星期里，我依然能每次都看到他在跑步机上坚持奋战，可是却好像忘了我曾给他递过名片的事，只是偶尔礼貌性地打个招呼。但红姐的表情日渐凝重，让我时刻把这事放在心上。

就在我准备再次"蓄意"找他攀谈时，他意外地出现在我的办公室。和在健身房里看到的他，感觉有些不同，健身房里的他显得斗志昂扬，活力充沛。此时的他看上去带着点这个年纪的男人所特有的淡然与儒雅，但是不多。

他说他叫赵卫国。

专属那个年代的名字。五十出头，在证券公司做主管工作，按这个年纪算，做证券的实属少数。

"我既然坐到这，我就没有隐瞒的打算。我之所以会隔了那么久才来找你并不是因为我不相信你，而是我还不太了解你这一行是做什么的，能给我什么帮助。"他面露微笑，似乎是看晚辈的微笑。

不知道是不是我的错觉，他的微笑里透露出一种，不信任。不相信自己有需要晚辈帮助解决的问题。

"可能有时候帮助并不是我能给您什么看得见的东西，可能只是作为一个倾诉的对象。"我得避免引发他的斗志，而他似乎有这个倾向。

他略微点点头，表示认可。他告诉我，他早年只是一个木材加工厂的工人，但是自觉有资质通过学习改变自己的人生轨迹，不希望就这样干一辈子吃粉尘的工人。于是毅然辞掉大家羡慕的国企职位，下海。话说到这，我看到他眼里有不自觉闪耀的自信光芒，看来他相当认可自己当时的决定和决心。

"我们那个年代的下海和你们现在的辞职跳槽完全不能同日而语，需要一种很强大的意志力，因为没有人看得到这个选择的背后意味着什么。我做了很多生意，有了不错的积蓄。但是生意总有大起大落嘛，后来我就把生意交给了我的朋友。转行做了证券，我认为自己在证券方面还是可以有作为的。"

"您做证券是这几年的事吗？"我隐含了问题的关键，不能直接问他是多大年纪从事这个高强度行业，但是从他的描述可见，他的生意失败让他不能接受，所以轻描淡写一句带过转而介绍他相当具有挑战性的新奋斗目标。

他似乎属于A型人格。

赵卫国说自己从事这一行有将近十个年头了，他兴奋地介绍自己当初如何奋战群雄进入证券公司，如何努力学习，让自己在业界确立属于自己的位置。

他的眉眼里充满了张扬的自信，对自己再一次功成名就的满意。但显然结合他之前在健身房那般奋力而苛刻的锻炼可见，他对于现状只有满意而没有满足。赵卫国应该属于A型人格。

A型人格的行为特征比较容易观察，因为他们的雄心外露，在人群中争强好胜姿态明显。同时他们对自己要求严格，为了实现目标可以付出任何代价，以事业的成功与否来作为人生是否有价值的标价标准。如赵卫国这样的情况，习惯把生活安排得紧凑满当，紧张忙碌地进行每一个事项，哪怕健身这样本该作为放松休闲的项目，也被他作为一项不可松懈的事情来完成。

当我问及他在这样紧张的工作下为什么还会有时间和精力去参加高强度的运动时，他告诉我，他要证明给周围的人看，给自己看，他还可以继续工作，可以继续创造辉煌，年龄不是问题，体力完全可以。话语间，带着点激愤的情绪。

那么在他的逻辑里一切都以A型人格为基础统一起来了。早年生意失败，对他来说是不可容忍的事情，于是他转战新行业，打算继续辉煌一把，但不得已年纪不饶人，总有精力和体力吃不消跟不上的情况出现。"证明给周围的人看，给自己看"，说明他自己也感受到了自己在年龄上与年轻后辈们的相对弱势，于是他需要通过不输于年轻人的体育锻炼来证明自己仍然有资格与所有人站在同一个平台奋战。

他让我想到最近来访的几个中年人，表面看上去他们截然不同，一部分表现为对自己不自信，害怕遭到社会的淘汰；一部分则表现为不服输，认为自己仍然有足够的能力与年轻人同台竞技。但其实他们都潜藏着相同的问题，对年龄没有足够的认知。当自己已经步入中年之时，必须承认并坦然地接受自己在精力体力上都有退化的迹象，在这方面确实比不上风华正茂的年轻人，但也应该能够让自己拥有平和的心态，以自身多年的经历磨炼出来的睿智眼光去欣赏中年具有而年轻人可望而不可及的财富：人文深度、人格成熟度、人际精炼度以及社会相容度。

我想到了赵卫国这个年纪，其实他应该有更多的实际人生经历和感悟，有足够坚定的声音告诉自己，人生的成功、价值感，并不是单纯体现在事业上。人生何谓输赢成败，没有太多硬性的标准，大起大落大风大浪过后的人生丰富而精彩，回忆起来依旧活色生香。平淡安定的生活也自得一份静逸感受。一切都终成回忆，一切也都只是回忆。知足地享受人生的喜怒哀乐便是最大的圆满。

但是我想我不能急切地告诉赵卫国这些东西，他目前的状态不适合也不可能接受这些看上去与"龙争虎斗"的人生相比显得平庸味淡的认知方式。于是我首先建议他尝试更换一些中低等强度的有氧运动，设定符合健康指标的能耗标准，向健身教练征求一些健身建议，将运动时的脉搏次数以及运动时间，都从更专业的角度将所有因素结合自身情况进行合理考量。希望他能在逐步放缓的健身节奏中体会生活的另一种美。

后来，健身会所小李告诉我，红姐和赵卫国是曾经的恋人，现在两人都是离异独身，难怪红姐对他的关心那样溢于言表。不知道赵卫国先生何时能让自己从紧张的状态中释放出来，发现身边这诸多的美好。

CHOUYANXUJIU BUSHIHUAN JIEERSHIYILAI

|抽烟酗酒 不是缓解而是依赖|

大家都叫她九姐，不分长幼，不计辈分。不知道是不是"九"和"酒"谐音，打小不沾酒的她据说酒量日渐增长，在街坊四邻里已经有所向披靡的趋势。家中四表舅烟酒不离口，办事利索而凌厉，九姐给自己暗自订了目标，即使无法超越四表舅，也要成为四表舅那样的人。

就从烟酒开始。

街坊四邻老派观念。议论九姐整日烂醉如泥，有时候大白天也醉醺醺回家倒头大睡不像话。

人人可有自己的三观：世界观、人生观、价值观，不好判断谁对谁错，我只是比较担心她日夜烂醉的行为。

一天竟然看见九姐在巷口摇晃着出现，看见我她抬手乱挥了一下，大喊："明天找你，想你了。"便嬉笑着一步三摇地离去。

隔日傍晚，九姐给我电话约我往老屋后小道散步。声音听上去略带沙哑，不知是不是烟酒过量的缘故。

不同于昨日的狼狈，她看起来气色不错，只是整个人已经不复早先那个开朗简单的小姑娘，带着些历尽沧桑的感觉，尽管这沧桑看起来没有厚度，"作"的成分比较多。

"我们多久没见了？你不常回来，我也越来越忙，踏入社会就是这样啊，人在江湖身不由己。"她一派老成地打开话题。

"我听说你最近换了工作，我回来好多次都见不上你一次。我以为你去了外地发展。"

"跑业务。我也要干出自己的事业，像你一样。不过我现在的目标是赶超四表舅。"

"四表舅为人处世确有一套。"虽早有耳闻她誓言赶超四表舅的烟酒水平，但越是亲近的人越是得多加注意不好把话说得太直接，以免心生罅隙，更难以弥补。人有时候就是这样，愿意和陌生人吐露心声，亲人间说话倒得注意三分。

"我首先以他的烟酒水平为目标！我要适应社会，成为一个成熟的人就得先过这烟酒一关啊。工作也需要啊，我们跑业务的前辈告诉我们，很多业务都得在酒桌上解决，拼的就是酒量。"她脸上有些得意，似乎满意于自己能如此努力地适应"社会游戏规则"。

"听口气，你似乎是有些喜欢抽烟喝酒的。"我想看看她对烟酒的嗜好程度已经如何。

"起初是不喜欢，完全没兴趣，但是社会需要。后来逐渐离不开这种感觉了，抽烟喝酒可以放松心情，让自己彻底放松在那种氛围中，不需要担心什么。"她垂下眼帘，"不过有时候，比如在开会时想抽烟却不能抽，想喝酒却没法喝，竟然有些不舒服，不过还算能控制。难道我真的爱上了烟雾缭绕的酒醉人生？"

我既不能肯定当然也不能轻易否定。但是可以确定的是，她这样的情况持续下去很容易走上烟酒滥用并发展为依赖的道路。

对烟酒的依赖又称为成瘾，涵盖生理依赖和心理依赖两种。生理依赖就是吸烟喝酒的人一些生理反应定型化，一旦停止，或是像九姐说的那样，在想要的时候却不能得到解决就会不舒服。有些人会出现头昏、乏力或是注意力不集中等不适反应。心理依赖就是使人形成一

种难以抵制的欲望，每当欲望强烈而得不到满足时，人的心理活动会处于高度不平衡的状态。严重的会出现焦虑或者抑郁等神经症反应。

　　但是正如九姐所说，许多抽烟喝酒的人会觉得那是放松心情舒缓压力的一个有效途径。实际上抽烟会使血压上升，心跳加快，神经兴奋，这种生理反应与正常休息的情况是恰好相反的，但人们会体验到放松是因为尼古丁刺激了体内肾上腺素的分泌，提高了人体的应激水平，让个体增强了应对外界刺激的能力，相对地缩小了刺激水平与个体反应水平之间的差距，使人从主观上感觉到了放松。而酒精作为抑制剂，它降低了大脑对复杂信息的控制和组织，这种不被控制的感觉有助于人们放松自己的状态。但讽刺的是，长期酒精滥用的人却因为心里敏锐性的丧失或是认知功能的损害，反倒表现得比没有酒精滥用前问题要多。

每个人会沾上烟酒的原因都不尽相同，比如九姐，甚至是带着点幼稚地为了让自己和四表舅一样能够成为一个被人认可的成熟的"社会人"。但也不是每一个沾上烟酒的人都会最后让自己发展到滥用或是依赖的境地，九姐颇为自得自己的烟酒功力，在她不成熟的逻辑里坚定地相信烟酒水准相当于成熟水准并等同于一个成功社会人，由此在烟酒行为上不加以限制，是最易让问题严重的类型之一。

如九姐这般年纪的年轻人踏入社会之初，只见表象，却没有足够的心智参悟表象下的本质，于是多少带着点浮躁地模仿他们欣赏的人，希望自己也能早日成熟，成熟为一个事业有成，有社会地位的人。而社会文化中也渗透着烟酒是一种潇洒人生姿态的表现，于是在不得要领的模仿中，首先捡了看似最易做到的烟酒人生，并简单划以等号。

成熟的社会人有两个要点，一是成熟，二为社会人。成熟更多的是一种自己自得的心理状态，具有足够强大的心理能力去面对去承受，它更多是心态，绝不单纯是姿态。成熟的人会在进行工作时，会深思熟虑为工作各个项目的开展做好缜密的计划，无论在工作中发生什么事情，他们都会保持一个良好的心态。他们会考虑工作的性质如何，自己具备的能力如何，如何最大化地利用资源，如何在过程中精准地把握问题的关键，如何在工作结束后给自己总结。而不是简单盲目地将所有问题都归结到只需酒桌解决，它可以是手段之一，但绝不是唯一的手段。而作为一个社会人，一个成熟的社会人，既熟知社会标准，了解游戏规则，又清楚拿捏自身，不会不加以思考地盲目顺应所谓的"社会标准"。标准在眼前，但可为或不可为的态度得自己心知肚明。我们需要做的是以社会人的身份融入社会，但不是奴役于社会。

我告诉九姐要学会了解自己真正对社会的需求，以及社会需求何样的她，然后决定自己要不要戒掉烟酒生活。因为九姐的"想要抽烟喝酒却不能的时候会有些难受"，已经有生理依赖的倾向，所以也同样需要借助行为调适才能更好地戒掉烟酒。

我建议她下定决心戒烟酒时可以尝试从以下几个方面进行：

1. 厌恶疗法，以这种方法提醒自己吸烟喝酒对身体的害处

在自己经常看得到的地方，粘贴一些关于介绍烟酒对身体有害的宣传图片，让自己在想要吸烟喝酒的时候想起那些因为烟酒过量而引发的酒精肝、肺癌的图片。通过看这些带有强烈视觉效应的图片产生一种紧张担心的情绪，并由此在大脑中建立反射，一旦想要抽烟喝酒，就浮现之前看到的那些带有恐惧刺激效果的图片。

2. 按照自己的现有量，每天都逐步减少烟酒的摄入量，给自己制定严格的指标和目标

要注意在减量过程中偶尔会因为意识松懈犯下"禁忌"，容易产生消极的念头"我没有能力戒掉"，并由于这种自责而让自己"破罐破摔"。要学会明确告诉自己"就算一次违规，也会受到惩罚"。如果接下来能较好地进入积极状态，维持回原来的标准就应该给自己奖励，比如九姐喜欢购物，就以一个漂亮的包包奖励自己也并不为过。

3. 放松情绪，替换代偿物品

当自己处在没有烟酒的紧张时，深呼吸告诉自己"我可以的，没有问题的，以前那么多年都没有烟酒不照样健康快乐地生活到现在"。根据弗洛伊德的精神分析认为，有些人会对烟酒有依赖，是因为口唇期没有得到足够的满足，因此心理防御机制没有得到足够的完善，一旦触碰到烟酒这样能满足口欲的东西就激发了那种焦虑的情

绪。所以有些研究建议当人们处于烟酒空缺紧张阶段的时候，可以让自己换以另一种物品取代这种口欲的满足，比如棒棒糖或者口香糖。

4. 注重食疗

多喝牛奶，食用新鲜的果蔬，保证两餐之间有充足的水分保证，以促进尼古丁和酒精排出体外。

5. 注意交友圈子

当然不是说就此断了所有抽烟喝酒的朋友，而是在这个特殊阶段，尽量结交一些不沾烟酒的朋友，最好是多认识也正在努力戒烟酒的朋友，大家相互交流戒烟酒的心得，并相互鼓励帮助。

同时作为刚踏入社会的年轻人，心理状态难免有些脆弱，九姐最好的支持力量便是她的母亲。她可以一并参与在九姐的烟酒控制疗程中，并适当给予奖励，逐步鼓励九姐能依靠自己的力量控制，以成熟的姿态自我控制，自我奖励，这同样也是一个成熟心理的锻炼过程。

九姐得在往后举杯饮酒、点火抽烟时想想，我这究竟是为了什么？是否可以以更好的方式去解决问题？女孩也可以闯出属于自己的天下，只是需要学习真正成熟地适应社会。

JIANFEI——CONGJIANDANMEIRONG GUODUWEIYAOWUCHENGYIN
|减肥——从简单美容过度为药物成瘾|

初见胖妞时，感觉是个单纯可爱的小姑娘。坐在电脑前看动画片，自顾着沉醉在故事的情节里，几分钟的小短片结束后竟然发现她大眼睛里盈满晶亮的泪花。她告诉我，这个动画片叫《小胖妞》。说的是一个女孩为了救自己心爱的王子，与魔鬼达成协议，只要她变成胖妞，魔鬼就放了王子。可是在她历经艰难奋力救出王子后，王子却嫌弃她胖乎乎的身材而离开了她。胖妞说，她已经反复看了许多遍，心里有许多难以名状的感受在翻腾，眼泪就怎么也止不住了。说罢，竟然呜呜地哭了起来，让人心疼。

再见胖妞，已是几年之后的事。脸上少了那份自然，却似乎添了些处世忧伤。唯一不变的是从小胖妞长成了大胖妞。

寒暄过后，她说起了这些年来的坎坎坷坷。大学刚毕业磕磕碰碰地进入一家外贸公司工作，因为英语水平高一直负责与外商的联络工作，工作上向来兢兢业业。今年公司有公派到国外学习的机会，本想抓住这个好机会为往后的晋升铺路搭桥，却不料被人捷足先登，倍感失落。

"刚才你说自己是坎坎坷坷进的这家公司，其中还遇到了一些什么难事吗？"

"毕业时，面试了很多家单位，都以各种理由拒绝了我。其实理由只有一个，因为我胖。"说罢她重重地叹了一口气，手再一次捋弄头发，似乎尽量想让头发遮住她的面庞。

"我可以这样理解吗，你觉得自己这些'坎坷'的遭遇都是因为你的形象？你觉得这是唯一因素？"不敢说别人一定不是因为她的形象拒绝她，但若她总这样归因将会影响她往后的工作和生活。

"我觉得应该是这样。人家是公司一枝花，选她才是正确的吧，毕竟进修回来要作为公司的代表出去商洽更多的业务。"她又捋了捋头发，将脸遮得更小一些"社会对我们的歧视可真多啊，难道身材胖就可以被抹杀那么多的努力和付出……"她的声音越来越小。

胖妞还说自己也像那个动画片一样，遇上了自己心爱的王子，但是王子也同动画片一样嫌弃了她的身材："世界上最远的距离不是天涯海角，而是坐在你身边的他以漠然的姿态阻隔着你对他的爱。因为是胖女孩所以工作不顺爱情没有。"声调不高但语气颇为愤愤。

"所以我吃减肥药。各种减肥药！我知道减肥药有副作用，可是我觉得我似乎已经离不开它了。"她像是抓住了一根救命稻草，不管它是否真的救命，不在乎是否只是饮鸩止渴。"如果我不吃减肥药我会觉得很糟糕，好像只要不吃就会越来越胖，但是只要我每天按时按量吃，我就能保持很好的状态去做事，虽然我也知道不是吃或不吃一两次减肥药就会有什么改变的，但是我真的有些难以自持了。你帮帮我，给我支个什么招或是什么别的东西可以代替这个减肥药的？"她的眼神满是无助。

在她看来问题只是简单地如何以另一种神奇的药物替代有可怕副作用的减肥药，让她能继续自己的美容减肥之路。

时下每天都被宣传得天花乱坠的减肥药确实是许多爱美人士的不二之选，与其坚持每天辛苦地锻炼身体或是艰难地控制食欲，还不如按时按量吃下一粒减肥药，轻松减掉"多余"脂肪。奋战在减肥道路上的人士有时候并不是真的已经胖得危及健康，而只是无法摆脱充盈于耳的大肆宣传，"你还可以再瘦一点，你就能够再美一些"。但是也确实如胖妞担心的那样，自从某个大牌减肥药被检测出含有对人体有害物质并实际引发了多名食用者的身体疾病后，人们对减肥药开始逐步有了防范意识。实际上有些减肥药甚至能引起心理上的疾病，因为其中含有使大脑饱食中枢神经兴奋的成分，让大脑产生厌食反应，还会让食用者睡眠减少，增加人体能量消耗，进而使体重减轻。但是这样的生理反应易引发焦虑或者抑郁的心理疾患。

胖妞已经了解到减肥药对身体甚至心理有伤害，并有意识地要解决这个问题，总算是好的，尽管她不知道自己正逐步陷入药物依赖的

泥沼中。药物依赖有精神依赖和躯体依赖之分，胖妞眼下的情况就有精神依赖的倾向。她并没有反映如果没服用减肥药身体上会出现什么不良反应，而仅仅是自我感觉上出现了较大的差别，她感觉自己服药之后状态很好，而一旦不服药就会自我感觉很糟糕。

但是显然，胖妞的问题绝不仅仅是替换什么神奇的药物那么简单，也不单纯是陷于对身材的完全自卑中。她处在一个矛盾中心，一头是尽管她在减肥，努力地符合大众的标准，但另一头的她却有挣扎的意识，她两次愤愤地提到"为什么胖人就没有资格"，只是她没有足够的力量去支撑这个意识。胖妞多余的脂肪不在身上，而在她心里。她要做的不是如何用神奇的特效药减掉身上的赘肉，而是如何让自己有足够的心理力量推翻压在心头"瘦即是美"的主流观念负担。

从世界各地各民族千姿百态的美丽象征略知一二，有的民族崇尚长脖子，有的民族则以大耳朵为美的标准。美，作为一种习得的认知习惯，不是唯一，也不是不能改变，更是可以学习如何遵从自我的标准，尤其当你可以并需要拥有属于自己的标准时。胖妞为何不能学会告诉自己，环肥燕瘦皆为美，哪般美好我最知。

但是人们习惯也喜欢随波逐流，尽管未必符合自己的心意，却也不愿做抗衡最大多数的"非主流"，我们垮在薄弱的自我意志面前。如胖妞那样，无法予以自己足够的力量告诉自己，只要不胖出病，胖就是另一种形态的美，还强制自己塑造一种也许未必适合自己的主流认知。

她没有尝试过，或者没有体会到，当她以胖乎乎的笑脸真诚而自信地微笑时，人们也同样会用心而不止是用眼看到一颗强大具有活力的内心，感受到盈盈笑脸后透射出来的自知自得的人格魅力。周围人对你的认可首先来自你自身，而你自身的认可除了你自己没人能给你。在事业中，如果单位真的只因为身材而忽略你的整体素质另作选择，那大可告诉自己，我走的是实力派不玩偶像路线。若是单位能注重你的资质能力，则更可自信地宣扬你是以实力战胜了对手。在爱情里，爱若只是身材说了算，这份感情也是靠不住的。

我告诉胖妞，暂且不管工作是否顺利，爱情是否如意，先练习每天对着镜子，把遮住脸蛋的头发拨开，直视自己，微笑并欢乐地告诉自己"你今天很棒"。对每一个注视你的人诚挚地微笑，不要去想她此刻在想什么，你只需要用微笑告诉她，你觉得自己状态不错。

胖妞的情况更多的是精神上的依赖倾向，所以在这个问题上，对于自身认可的认知调节尤为重要。而那些在身体上亦出现依赖反应的人群还要更多地结合自身情况辅以不同的行为治疗，比如可以采用剂量递减的方式，逐步摆脱在不食用减肥药的情况下身体和情绪的不良反应。当然对胖妞这样没有出现太多身体反应的依赖倾向也可以借助行为调整，只是行为调整的目的从表面看上去要具有隐蔽性，以此能更好地加强她需要建立的核心认知"原来没有减肥药，我照样能保持很好的状态，这些减肥药的效果纯粹是自己的心理作用而非实际成效。"

"那你有……特效药吗？"她有些怯怯地问，她果然还是担心自己无法只能依靠这些简单的动作让自己保持良好状态。

我给她拿了一大瓶药丸，白色瓶身。交代她每天按时早晚一粒，很多人对这个药丸的反应很好，无副作用。但是切记交代的每一件事情都要认真完成，努力尝试，并慢慢让自己感受这期间的变化，体会我们交流的关于"美"的认知。胖不是不行，只要不因胖引发疾病。减肥当然也不是不可以，但是你得确定你为自己减，减得心甘情愿，减得健康自然。不纠结就是好事。

一个月后，胖妞再来找我拿药，我看看她红润的面色，上扬的表情，我告诉她，可以开始减量，她看起来状态不错。

你知道的，维生素减不减量都不能减肥。但是她显然减掉了多余的"心理脂肪"。

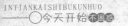
BIXUYICHENBURANDE
BANGONGZHUO SHUILAIZHENGJIU
WODEQIANGPOZHENG
必须一尘不染的办公桌 谁来拯救
我的强迫症

萧然说自己是朋友介绍到这个咖啡馆找我的，因为我每周有固定的时间在这里看书。

"我只是……"她似乎过不了自己那一关，"我可能还没准备好走进咨询室吧。我知道这听起来有些幼稚，"她嘴角微抬，颇为自嘲："当然不是说你们不好不够专业，我只是觉得似乎没法解决自己问题的人才会需要恳求别的人帮助。自己的事情都解决不了，如何解决工作上的事或是其他事呢？"

话里有话，意味深长。

"但是我现在坐在您面前。我需要一点时间。"她黛眉微拢，神情认真。

"如果你能让自己在这里谈你的问题，也许这里未尝不是一个好地方。"尽管我并不觉得不愿意走进咨询室的人已经准备好敞开胸怀谈自己的问题，但是如果是个机会，大可尝试。

"我……"她有些犹豫，不觉地抬眼扫了一下四周，"我似乎被强迫症困扰，我不是很肯定。但是我有很明显的清洁强迫。"她顿了一下"我必须要把办公环境打扫得干干净净的才能工作，否则我根本没办法让自己安下心做事，会很焦躁。我每天至少要清洁桌面三四遍，早上一到办公室就要清洁一遍，彻底清洁，因为我总觉得有昨天的或者以前留下的脏东西在桌面，尽管我未必看得见。中午吃饭回来我一定要再清洁一遍，把桌面的东西再重新归位。抹布仔细擦干净每一个角落。下班前必须再做一次大规模的清扫。"她的眼神有些飘忽，似乎沉浸在自己的世界中。"其实我知道根本不需要这样清洁，因为我平时处理文件或者使用办公用具都会用完后马上把这些东西归位，绝对不会乱放或者乱扔。但是我却没有办法让自己不去做，越是不想却越是没法摆脱……"她口气很无奈。

"从你行为的描述上看可能确实有一些这方面的倾向，但是我想了解更多的东西。待你准备好了随时联系我。"

对萧然来说，走进咨询室，不是单纯地认识到心理咨询是一件再平常不过的事。她虽未谈及一些具体的原因，但是从她的话语中多少可见她性格中"完美自我定义"的端倪。具有完美自我定义倾向的人认为求助于他人就表明自己无能，在他们的意识中，自己是不能求助他人的，自己不能无能。但是他们会面临两难的情况，要么等待情况继续恶化，要么让自己"屈尊"找人相助。情况恶化自己痛苦不说，还更致命地摧毁"完美的自己"。相较之下，他们决定寻求专业帮助。这个专业帮助也将是被他们严格考量过有资质为他们提供解决方案的人。但是不管怎样，能够让自己"屈尊"求助于他人已经是对"自己不能求助于他人"这样一个核心认知的第一波冲击。

大概一个星期后，她约我在咨询室见面。

"也许没有我想象的那么糟糕。如您所说，互相帮助。"她依旧清冷淡然，只是嘴角与上次相比较为松弛自然。

萧然说其实她明白自己为什么会这样。她是一家金融机构的高级主管，每天都与数字符号打交道，工作最大的要求就是认真严谨，出不得丝毫错误，一个零或者一个小数点都有可能是重大问题的罪魁祸首。她本身就是对自己要求严格的人，事事尽善尽美。可是这般细致求精的人竟然在工作中出现一次不可忽视的错误，一个该死的小数点跑错了位，因为她的这个失误整个公司为此整整加班了一个星期，就是为了从一堆已经整理好的资料中找到那个出错的地方。那段时间她的压力很大，几乎晚上都无法入眠。接下来她便给自己不断地找原因，最后总结为如果在一开始能以最好的状态去进行这个工作，应该就不会出现这样的问题，或者在中途反复检查。最大的问题还是出在完成时没有再做最后核准，这种工作没有三遍以上的核准是不可以上交的，是个致命的疏漏。

萧然给自己总结的思维逻辑和她现在清洁的潜在意识完全契合。

我将她的陈述简要整理给她看:

"一开始就以最好的状态去进行"对应每天早上的一次彻底清洁,暗含着必须要以最好的状态去应对一天的工作,否则会出错。

"或者在中途能反复检查"对应她在午饭后也要对工作使用的文件和办公用具进行细致清理,符合她的潜在认知,即如果中途能反复纠察,错误就不会发生。

"完成时没有再作最后核准,是致命疏漏"对应每天下班前必须进行一次大规模的细致清理。契合她的关键认知,没有最后检查,就会出现致命疏漏。

强迫症通常分为强迫观念和强迫行为两种表现。不管是行为抑或观念,都表现为他们知道自己持续的东西没有意义,但是却没有办法控制自己。按照萧然目前的情况来看,她确实出现了轻微的职场"强迫症",有苛求完美的性格因素作内因,加上工作的性质同样也需要她以精益求精的态度去完成,所以当她在职场上犯了"性格不允许"、"工作性质不允许"的"两不"原则相违背的致命疏漏时,她就应激性地出现了"职场强迫症"症状。在强迫行为的背后潜藏着深刻的焦虑,萧然谨小慎微追求完美的性格让她无时无刻不感受到高要求工作下的压力,她会比别人更多地担心工作完成得不够好,甚至是不够符合自己对每一个细节都精雕细琢的高要求,从而撼摇到她完美无缺的自我认知。她的焦虑比普通人要多得多。而职场中的女性通常因为婚姻家庭压力无处宣泄,或社会职业性别歧视导致上升空间要远小于男性等问题,感到压力无处释缓从而产生焦虑,所以职场女性比男性更容易出现强迫倾向进而发展为强迫症。

陷入强迫症的人群,最需注意的就是强迫与反强迫并存。强迫症人群自知力完整,像萧然那样,能意识到自己不合理的行为,并有意愿修正自己的强迫行为。但也正是因为他们的反强迫意识与强迫意识

反复校对。

仔细检查。

抱歉，等等。我又想到了一个问题。

一个小文件弄了三天三夜……

文件翻阅得太多，边儿有点卷起来了……我想重新弄……

并存，使他们痛苦不堪。萧然现在就是这样，试图纠正自己的强迫倾向，却反倒是给予了这种难以摆脱的意识更多的关注，加剧这种强迫症状。

萧然的强迫症有很明显的人格特质，所以认知方面的调整自然不能忽略。在她的认知中总是以充满焦虑的观点为事情做总结，比如"否则就会出错""错误就会发生会出现致命疏漏"等。不难看出对她而言，关键的不是前面做了什么，而是结果不能有"错"。其实出错又怎样？理智点儿想，这个世界上谁不曾犯错，金无足赤。豁达点儿看，错是相对存在的，如果对是红色，那么错这个绿色或者别的什么颜色也未尝不是给人生增添色彩的一笔，色彩斑斓才有滋有味，足够精彩。

同时对于强迫症而言，行为治疗功效显著。治疗的核心思维就是让强迫症人群放松心态，告诉自己强迫症并不可怕，只是一种意识枷锁，像紧箍咒，愈是挣扎愈是锁紧。认识它，并与它和平相处，借助道家的核心思想，顺其自然，对待它采取不予回避也无需刻意关注的态度。既然它存在，就与它安然相待。不想着如何躲避它也不念着如何抗击它，自然自在是最好的处理方式。

我给萧然列了一个当强迫行为"找上门"来时，她可以如何自我应对的几个步骤：

1. 让自己暴露在强迫症行为出现的焦虑时刻

全方位而深刻地体验此时此刻的自己究竟是在做什么，如何想，为的是让她自己在适应这种以为无法面对的焦虑中逐渐体会到自己焦虑的根源何在。

2. 把自己和"它"分开

当"它"找上门时，让自己认清产生这些焦虑进而出现强迫的根基何在。尽管它产生于性格，激发于外界，但是最重要的是当自己处于这种无法自抑焦虑时，其实在大脑结构中一个名为"头状核"的部位出现了障碍，改变了脑部的生化平衡，要改变脑部的生化反应并不是短期内可以达到效果的。了解了这样实时情况下无法迅速得以控制的生理反应后，就可尝试告诉自己："我是我，它是它。它既来之，我能安之。"

3. 不回避不抗击，尝试转移注意力

知道它来了，知道它为什么来，知道不必对它有所作为。让自己分出另一个"我"，站在自己身外，看着与强迫症不发生任何纠缠冲突的自己重复那些无意义的动作或者思想。然后让站在身外的自己尝

试转移注意力，去做任何有建设性的行为，尝试之初最好是一些能轻松地让自己融入其中的简单有趣的活动。如果能够回溯自己如何成功转移注意力的过程，最好将其做好记录，不但可以明晰自己曾做过什么成功地转移了注意力，也能有效地建立自信心。

4. 综合评价，减轻负担

了解了强迫症的无意义行为或思想，明白是来自脑部生化平衡障碍，保持旁观者的身份，努力帮助自己转移注意力，最后体验行为改变后的感觉，达到降低强迫症在意识中的分量，逐步减小它对自己的影响。

当然，我诚恳地告诉萧然，这个过程我会始终坚定地站在她身边帮助她，但是她必须知道，强迫行为来袭时，我不可能都在她身边，她最强大的力量仍旧来自她自己。

萧然，职场强迫症不可怕，麻烦的是强迫自己去克服它。最关键的是你得学会给自己松开"完美主义"的捆绑。

第五章

工作之外 情感是我甜蜜的负担

GONGZUOZHIWAI QINGGANSHIWOTIAN MIDEFUDAN

BAILINGNVZHUANXING HENJIANV?
|白领女转型恨嫁女？|

俊如是个漂亮姑娘，打扮时尚得体，工作也不错，虽然年纪尚轻，据说颇得公司重用。此刻的她看起来，确实被烦事困扰，不似往日的活泼开朗。

"我工作也不过两三年，还没出什么成绩。家里人就暗示我该考虑终身大事了。"她眉头锁紧了些"其实我自己的事，我能不担忧吗？就今年年初到现在，我已经陆续接到几个大学同学的喜帖了。"她若有似无地撇了撇嘴。

"你担忧的是什么呢？"听她的口气似有埋怨家里人不该催促她还在事业起步阶段就考虑终身大事，但她自己却也不见得完全排斥这个事情。

"其实……如果真的有合适的对象，我也希望早点成家的。"她的眼睛里流露出点点幽怨。

"我的理解是，其实你并不排斥在这个年龄结婚是吗？只是尚未出现合适的对象。"

"我今年25岁，要按以前的规矩这年纪的姑娘是早该成家了，可是我们又不能像旧社会的妇女一样以夫为天，我们也需要有属于自己的事业，哪怕是小小的事业。"她抬了抬嘴角，"靠谁都不如靠自己，这是以前大学的时候一个师姐告诉我的话。但是现在出来工作两三年，虽说看着有些前景了，但是真的压力很大啊。以前在学校，大四的时候就有人开始张罗结婚对象而不是找工作。早点嫁也挺好，不需要面对这么多压力。"

"就是说你觉得女性在职场上拼搏是很辛苦的。虽说最好能有自己的事业，但是相比之下还是会倾向'晚嫁不如早嫁'这个观念是吗？"目前困扰她的东西似乎都是来自四面八方的观点，我得帮助她理出自己的核心观念。

"当然啊，只是真的总也碰不上合适的对象。"她看上去颇为烦恼地调整了一下坐姿。

"那么你觉得什么才算是合适的对象呢？"

"不管怎么说，首先得对眼是吧，然后就是像长辈们说的，门当户对啊。"她的标准听起来倒是很"主流"。

"'对眼'。能不能具体一点呢？比如性格或是别的什么。"

"其实每个女孩都希望成为电视剧里的灰姑娘吧。要说具体的话……"她好像有些拿不定主意"好像也说不上来，差不多就那样吧。"说罢，她自己也有些不好意思地笑了，"我好像也不太清楚应该如何具体。应该就是一种感觉吧，感觉对了就什么都对了。我周围的异性朋友不算多，我……还没谈过恋爱呢。不过我就快成'剩女'了，还是早点嫁的好。"

怎么看，俊如都只是一个沉浸在爱情和婚姻的粉色梦幻泡沫中的"大龄"女青年。不甚了解异性，甚至没有情场上的浴血奋战，却一派"老成"地谈及自己的恨嫁心。让我不禁感叹，"剩女"年轻化趋势加剧啊。

如今各类媒体都相当看好婚恋市场这块"肥肉"，不断策划出各种为"剩男剩女"们准备的盛宴，加之亲朋的说教与督促，许多青年男女在才踏出象牙塔走向社会之初就给自己套上了"急娶恨嫁"的绳索。随着年岁的增大，个个都火烧眉毛地将自己划入"剩"的行列，尤其女性。从俊如的谈话不难看出，她的担忧虽然未必都是她自己的切身体会，但是几个观点都相当具有代表性且层层递进："事业与爱情的两难抉择"；"尽管很想靠自己，但不免畏惧于工作的巨大压力，于是希望找个可以依靠的人过上稳定的生活"；"尽管恨嫁，王子却始终没出现，王子只停留在电视剧里"。尽管对俊如来说，最后一条才是她的关键问题。但是她却被数条主流观点围困，惶然无出路。

我想其实许多职场女性都有过类似俊如这样关于"事业与爱情"

事业与男人的艰难抉择。

面对工作的压力时还是希望有人能给自己温暖。

但是王子只存在于电视剧中。

你从不照顾一下姐姐这个老剩女……

的抉择，只是有些人倍感艰难，有些人轻易便能择其一而从之。感到艰难的多是因为两者都想收入囊中，那自是美好，奈何有时候爱情的烦扰让自己在事业上的表现也大打折扣，而有时候工作的繁忙也影响了爱情的甜蜜时光。每当爆出某奥斯卡女星再度离婚之消息，都不禁喟叹，究竟有多少个女人能把持住爱情与事业的天平。而谈及那些家庭和美的主妇时，白领女性们又会报以嗤鼻，现如今已不再是旧社会，妇女也顶半边天。但是无论如何看来，能维持两边平衡的终是少数，无奈多数能力有限，总感分身无暇，终归是得稍有偏向。那些毅然放弃事业，全心经营家庭的女性，她们如能把握自己的心性，清楚明白自己的选择意味如何，倒真是让人羡慕。

　　但是真正能搏杀于职场的女白领们又有几个是顶得住巨大压力的？不少工作的性别歧视是从择业之初就开始了的，以各种理由将求职女性拒之门外。当人在面对压力的时候，只有两条消解压力的渠道，好胜心强的人会倾向于直面压力，想办法解决；反之则会希望依靠别人，转嫁压力。还记得张学友的《情书》里那句歌词吗，"等待着别人给幸福的人，往往过得都不怎么幸福"。同样，单纯指望别人给自己创造稳定生活的人，就相当于把一个操控自己幸福感的开关交给了别人，别人能给你的时候，你就满足，别人不能给的时候呢？估计怨妇都是这样炼成的吧，每天都念着男人能给自己锦衣玉食，并理所当然地接受，"我还不是为了日子过得安生些才嫁给你的。"在面对男人只能带回馒头而不是鲍鱼的时候怨声载道："何以这样命苦，本以为能过无忧生活，不想却过着无油的日子。"

　　如此看来，嫁也难，但是不嫁呢？俊如说绝对不行，而且还得早嫁，剩女就只能拣些被别人挑剩的歪瓜裂枣将就着过日子。站在俊如这样"非嫁不可"群体对面的是秉持女性主义的"不婚"群体。旅居法国的丹麦女作家皮亚·佩特森曾对中国恨嫁女建言：女性有选择不婚的自由。在她看来，女性已经解放数十年，应该有权利做主自己的婚恋问题。我们并不是提倡"不婚"。而是希望给俊如这样深陷恨嫁的女性们开启一个新的角度，嫁抑或不嫁，都给自己问一个为什么、怎么样。嫁，自己应该具备什么心理素质和能力才能更好地与另一半经营好婚姻。不嫁，又将面临怎样的心理困境和现实纷扰。"嫁"不如"爱"看上去那般简单纯粹，不能只是为了嫁而嫁。

　　再看困扰俊如的关键问题"王子停留在电视剧里"，结合俊如被数种观点困扰的情况看，她仍然把结婚对象的标准定位为电视剧中的王子。王子身上的特质除了电视里的"英俊多金，温柔专一"外还有什么？现实中就算真有王子，那又是否会如你想象的为你所爱，与你契合呢？似乎这些问题俊如都未曾有过深思熟虑。难怪俊如对同学的结婚对象微微撇嘴，那些人估计连王子的边都沾不上，而遗憾的是她也只能看到这一点，却看不到那些小夫妻的浓情蜜意与相处之道。

我建议俊如从认识自己开始进而尝试整理出自己渴求的婚恋方式，不能太盲目，过于笼统。坚持写日记。不是以第一人称的方式写，而是用第二人称。让自己以旁观者的姿态看看每当自己在接受来自婚恋观感染时，自己的所思所想。自己是否盲从别人的观点，又是否根据自己的情况考虑过关于自己的想法。同时记录下自己以单身身

英俊又多金的帅哥终于出现了！

我去趟仪容间。

帅哥还那么在意自己的形象……

老剩女捡到宝了？

走，带你吃饭去。

对，补个妆。

你……是在刷睫毛膏吗？

份与朋友同事相处时的心情与感想。俊如这个年纪着急结婚，大部分情况是焦虑于别人授予的观念"如果不结婚就要成为剩女"，而忽略了"一个人时的美好"。二人世界自然有妙不可言的甜蜜，但是懂得享受只属于自己空间的人才是完整而有自己主见的，这样的成熟或许能帮助她更好地把握住自己，让自己以更健康的姿态走进婚姻，至少不会为嫁而嫁之后再悔恨交加。

另外，年轻的俊如还需要给自己充电，精神的空虚会让人思维方式单一乏味。无处缓解的工作压力会让自己情不自禁考虑唯一能考虑的婚恋问题。可以多多报名参加一些学习班，增加业余兴趣，最好是报名一些男女都有兴趣参与的项目，能扩大交友面不说，最关键的是能多一些了解异性的机会。按照俊如目前对另一半的模糊标准看，她需要敞开胸怀，以交友为目的多接触不同的异性朋友，而不是见到每一个异性都用自己模糊的"王子标准"去衡量拿捏一番，这样不但会让自己错失一些能够成为挚友的异性，同时也会让自己陷入"标准怪圈"看谁都不顺眼。在接触了解的过程中观察自己更喜欢与哪种类型的异性相处，更适合以何种方式交流沟通。遇上自己动心的就大胆去追求吧，这不是"谁先开口谁就输"的无聊把戏，而是"我的爱情我作主"的明确态度。

俊俏的姑娘，望你能早日遇上自己的如意郎君。

BIERANGCAIJIHENGGENZAINIHE
GUIMIZHIJIAN
|别让猜忌横亘在你和闺蜜之间|

她说自己犹豫了很久要不要来拜托我帮忙解决她和好友之间的问题。

"那么是什么原因促使你最后决定来找我的呢？"我问道。

"我觉得有可能是她的问题，但是如果真是这样的话，她应该会不愿意来求助你，所以我希望向你讨教一些办法去帮助她。"她的眼神充满对朋友的关怀。

"那么具体谈谈你们之间发生了什么事吧，不是她的，是你们的。可以吗？"

"我们是闺蜜。当初是我介绍她进了我们公司，现在她是我的副手，她可能因为嫉妒我比她职位高，家庭又和睦什么的，所以她好像总是在背地里说我的坏话。有时候还会把我在工作中的一些疏漏直接报告给上级。虽然对于公司里的其他同事我不太信任，但是她是我的闺蜜，"她抬眼看我一下，"我真的当她是我最信任的人，所以我会提醒她什么可以做什么不能做，和什么人说话的时候要小心。她可能把这些事情都和那些人说了，所以以感觉现在整个公司上下的人都对我有些敌意。"她的语气稍有提高，带着些愤怒"我是个老员工了。她让我很为难，"说到这她面色一沉，"难道非逼我处置她吗？"

"我记得你刚才说了'好像'。意思是说，你也并不是很肯定这些事情是不是她做的？"

　　她沉默了许久。"对，没证据。可是这种事情要怎么去找证据？她和我最亲密，那些话我只和她说过，如果她不说别人怎么会知道？但是她是我最好的朋友啊……"她低下头。

　　"那么，你是从什么时候开始怀疑她的？"

　　"前段时间我的工作连续被指出问题。起初我怀疑是别人做了手脚，但是后来我觉得有些东西别人应该不会看出，只有她才看得出来，应该是她向高层汇报了我的情况所以我才会被批评。而且，"她顿了一下，"我还被冤枉了几次。"

弄湿我的重要文件，一定是……

你交前年的报告给我是什么意思！

竟然有人替换了我的报告……

乱传我的坏话，一定是……

一定是你在背后搞鬼！快说，你的幕后老板是谁！

"嗯，先说说工作中出了什么问题而被指责的，可以吗，一个问题一个问题解决。"

"那段时间，家里出了点事，所以我状态不太好，开会的时候老走神，做的几个后勤工作总结报告也比较……松散，但是其实都是没什么大问题的，只是不够详细而已，这种问题老总应该不会看出来的。至于那些被冤枉的事，"她皱了皱眉头，"虽然都是一些小事，比如开会前我已经亲自阅读过要上交给领导的工作计划被掉包，换成去年的计划。还有一次安全工作检查，我已经全部检查并且最后确认完毕签名了，可是交上去的报告却没有我的签名，又一次造成我的疏职。"她的眉头拧得更紧了。

"那么你刚才说工作上的事情，你认为只有她能看得出来？"

"应该吧，别人怎么看得出我状态好不好，因为我对她说了我家里出了点问题，应该是她和上级说了这个事情所以才会被他们揪小辫子。"

她说"应该"，意味这事没确认。

"那么被冤枉的事情，那个计划还有报告，只经你们两个人的手吗？"

"这个……倒不是。"她一时语结，忽然转头看我："你怎么老是在说我的问题，我说的是她，我觉得可能是她有什么看不开的所以总想着陷害我。"

尽管我向她提出了很多问题，但是我的问题只有一个指向，究竟真的如她所说被陷害，还是她的猜疑让她虚拟了别人对她的不忠。显然，从她后面两个具体问题的表述可以看出，她确实没有证据去证明她被自己的闺蜜所陷害，基本都是出于她的臆想，基于自身对旁人的猜疑而构筑出来的"被害"。但庆幸的是，她并没有坚决地肯定就是为人所害，她用得最多的词就是"好像"、"应该"。意味着在她的认知中，她并没有忽视没有证据这一点而妄下判断，认定自己一定是被陷害，并且一定是"可能嫉妒她职位高家庭好"的闺蜜所为。但是有一个关键点，当她的工作出现状况，人际遇到问题时，她会将这些让她感觉不舒服的东西进行外在归因。意思就是把问题的原因归结于是外在因素引起的，尽管她清楚自己状态不好造成了工作的疏漏，但是她最后还是想要把问题归咎在她闺蜜的"诬陷"上，是闺蜜的不忠诚将她推入困境，哪怕是向我求助这件事上，她仍认为自己是在为闺蜜寻求办法，救赎闺蜜不忠的行为。

她说自己对公司的同事都不怎么信任，加之工作上出现问题被

你最近工作一塌糊涂，下午交工作报告给我！

她老给我找茬儿可能因为嫉妒我貌美如花……

爱情甜蜜得掉渣……

嫉妒会让任何一个女人失去理智

工作报告

无端冤枉了几次，所以导致她开始将不信任的范围扩大至身边的人。当我问及她的朋友是否多，对家人是否也会经常觉得他们撒谎欺瞒。她说自己虽然朋友不算多，但是还是有几个密友的，所以特别紧张自己的这个闺蜜是否真的会对自己不忠，但是对待家人她是很放心的。她说家人是情感上的联系，不同于工作中的同事，只有利益交涉，所以难以谈及太多的信任。这般看来她并不是那种小狗在脚边撒尿都会怀疑是否有人指使的偏执型人格障碍，而是有一些偏执型人格潜在因素，在职场上以一些被无端冤枉的工作问题为诱因，出现的"职场偏执"。

偏执型人格会表现为自命不凡，自我观念不符合实际，估计过高。在出现问题的时候习惯进行外归因，将导致失败的责任归咎于其他人身上，会没有根据地猜测他人因为妒忌自己的才能而陷害自己。所以极为敏感多疑，对人没有安全感、信任感。但是如她所述，她对人的不信任更多地表现在职场上对同事们的怀疑。她"职场偏执"的核心观念来自于她认为职场上人们只有利益之交没有情感基础，所以大家都可能为了自己的利益而鱼肉对方，随时牺牲掉哪怕每天与自己共同奋斗的同事。当然我们不能否认职场的残酷，但是以此为理由坚决地阻隔了自己与那些为了共同目标而合作奋进的同事们，未免有些极端。"防人之心不可无"的教诲确实阻断了一些小人的陷害，却也将自己围困其中，以失去许多珍贵情谊为代价换取自己在职场上的安全感。

其实大部分白领都有或多或少的"职场偏执"，受前辈教导，受社会文化影响，总是在踏入公司之初，就严厉地告诫自己要想在职场生存，就不能太信任周围的同事。同事的每一个动作眼神或是一次平常的交谈都会被假设为颇有间谍意味的试探侦查，逐渐使猜疑的起点越来越低，从被诬陷后学会怀疑，到凭空也能捏造敌人，最后不但没有防御住"外敌"的侵害，倒被自己逐渐臆想出来的各种陷阱、数个敌人折磨得痛苦不堪。相信职场上的金刚们应该能够学会以准确的眼光洞悉可能存在的陷阱，并学会如何御敌，这个敌必须是实际的敌，而不是"假想敌"。学会以坚韧的心态做好"兵来将挡水来土掩"的准备，学会以豁达的姿态对待已经发生的冤枉和诬陷并进行积极补救，而不是怨天尤人。

有些白领的"职场偏执"还会在制造"敌人"之后表现出较强的攻击欲望。出现这种"自卫反击"可能是由于在幼年时期没有得到足够的关爱，在经历一些挫折后出于本能产生了较为强烈的自我保护意识，认定"我不想被人伤害，所以我必须先对那些想要伤害我的人发起攻击"。当遇到这种情况，脑子里冒出"发动进攻"的指令时，可以先让自己暂时避开这个情境，给自己一个停顿的时间，反问自己为何有这样的念头，自己是不是被这个念头控制住了。让自己先在缓冲中抚平躁动的情绪。

我告诉她可以通过自我治疗，进行认知感悟。每当头脑里出现一些非理性的念头时就马上把它写出来，如下面这种形式：

（1）她又对我撒谎了。

（2）是她陷害我的吧，不可原谅。

（3）我真的受不了她的眼神，估计又是在谋划什么坏点子了。

（4）这次的报告又出问题，应该是她没有及时给我提出来，想看我出糗。

然后再把这些观点中猜疑和偏激的部分重新在认知中构建，建立新的思维图式，如下面的形式。对于"偏执"这种状况而言，他们尤其需要学会将自己的观点进行"柔和处理"，不需要太强调理性部分。尽管我们知道有时候理性的思维能更清晰地透视到事物里那些不好的本质，但是他们更需要"软性思维图式"去中和掉认知中过于刚硬激烈的成分，并注意学会在建立新的思维图式过程中感受这种不同图式下的情感体验。有职场偏执的群体更需要从情感的体验中去认可这种柔软而安全的感觉，真正建立起内在对于这种图式的认可。

（1）我为什么认为她在撒谎？或许她的撒谎是有原因的，谁不会犯错呢？

（2）我没有证据，不能乱怀疑，我相信并不是每一个人都打算费尽心思地去陷害别人。

（3）或许她的眼神本来就是那样吧，谁会那么愚蠢把"我要谋害你"写在脸上呢？

（4）也许报告出了问题我们都有责任，但是我得先找出自己的责任，什么问题都能好好商量解决。

另外还要学会如何以豁然的姿态与同事交往，当你学会尊重人，并对他人报以微笑，也许你会发现即使只存在利益关系的同事也不是每天都处心积虑地想要加害于你，甚至还能交上几个可以谈天说地的朋友。

你，有没有像她一样，被猜忌阻隔了职场的友谊？

QIONGPENGYOU FUPENGYOU
PIANJIANRANGWOMEIPENGYOU
|穷朋友 富朋友 偏见让我没朋友|

幼怡在一个月前给我发过一封邮件，是一幅画。她说就是随性画的，据说图画能看出一些潜藏的或是无法用语言表达的意识。

这是一幅比较直观的图画，没有什么太多抽象的东西和奇怪的布局。有一个人，在画的正上方，长头发穿裙子，还戴着大耳环，和幼怡的形象很相似。在图画的下方画满了各式各样的人，有的看上去工整简洁，有的看上去却奇形怪状，上面还有些凌乱的着色。整幅画就是黑白色调，上面只有一个人的部分显得空荡，下面的部分因为充满了各式人物显得拥挤而压抑。两部分对立着，有些隔绝的意味。

我再次把这张图呈现在她眼前，她颇感意外。

"想不到你还留着这幅画。那么……你看出什么了吗？"她的表情似乎因为这幅画的突然出现而有些不自在。

"我想听听你怎么说，就说说当时画这幅画的想法或者情绪。"我小心捕捉到她脸上一抹一闪而过的紧张。

"其实也没什么，就是……"她停顿了许久，"我想抽支烟可以吗？"

我点点头。看得出她是有准备要坦呈心事的，需要时间而已。

"我没有朋友了。"她吐了一口烟，听似轻松的口气里透着隐隐的落寞，"一个都没有了。我一直以来都并不认为这有什么问题，不知道突然怎么了，像约好了似的，每一个人都开始远离我，甚至还有那些我曾经不屑的人，现在反倒是他们对我退避三舍。"她的口气里有些自嘲，"以前，是我选择跟谁交往作朋友。现在呢，连最要好的朋友都离开我了。"

"什么原因呢？还有，你说的'不屑'是什么意思？"

"其实这些都是工作后交的朋友，以前小时候的那些朋友早不联系了。除了那些有成就的，其他的也不知道躲哪了，反正我也不会去主动联系他们。现在这些朋友里，肯定有些也是不太乐意交往的，但是出于工作需要必须要和各色人打交道啊。"

老同学又来我们公司谈生意啊！

嗯，你的手真香啊！

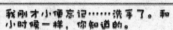

我刚才小便忘记……洗手了。和小时候一样，你知道的。

长讲了，老同学啊。发财了，连小便都香啊！

我想起了她画里各式的人物，而且有区别。

"你要问我不太乐意和什么人交往是吧。就是那些工作没什么成就，家庭情况一般般的啊。我不避讳跟你谈及这些，并不是我一定要按照什么标准来划分他们，而是那些人真的有时候让人很不舒服。他们好像什么都不懂，也不能给我带来什么帮助。工作上的朋友，肯定是希望能相互帮助有利益来往的嘛。"她狠狠地吸了一口烟，"但是我就不明白了，连我以前最好的朋友也开始疏远我……我和她最后一次通电话，她说了一句话让我直到现在也难以释怀。她竟然说没办法忍受我这样的'穷富朋友论'。她也是个家境富裕的千金，以前我们在一起的时候都很好的，不知道她是不是被哪个穷鬼洗脑了！"她愤愤地把还没抽完的半支烟扔在地上，一脚踩灭。

显然，幼怡的那幅画并非随意之作，那些端庄整洁的形象是"富朋友"，而形状怪异甚至还有缭乱涂色的是"穷朋友"。在她的认知里，这些"穷朋友"不但被妖魔化，甚至还映射出幼怡在画他们时，应该是想起了这些人竟然对自己"退避三舍"的情形而滋生了愤怒的情绪。

其实许多人都会将自己的朋友加以区分，有的可以畅聊人生，阔谈情怀；有的能够嬉笑欢闹，舒缓情绪。和不同的人在一起满足自己不同的需要，同样为不同的朋友给予尽己所能的关怀帮助。但是幼怡对朋友的区分未免过于简单而极端，仅从自己的需求出发，粗暴地将周围的人分为贫富两极，并带着极强的功利目的建立自己的人际网络。

在不少像幼怡这样的人眼里，富人因为拥有财富而获得了许多美好的东西，比如优良的教育培养出卓越的人格品质，他们看得到世界上最繁华的东西，因为不需要担忧钱财，所以性格开朗大方。而穷人则每天都会因为柴米油盐的小事折腾得灰头土脸，总是在为琐碎的尘事忧心忡忡，看到的永远是社会的阴暗面，不但在际遇上会坎坷波折，还会因此而心理失衡，对人世抱着毁灭性的心态。尤其是他们除了给人们增添负担外不会带来什么实际的帮助。这就是他们的偏见，对穷人的偏见，亦是对富人的偏见。

偏见未必是指将本来好的东西在认知的处理下"成为"坏的东西，而是指人们根据一些不完全的表象甚至虚假信息作出的主观判断，由此出现误判或者与被判断对象的真实情况不相吻合的现象。就像幼怡那样对穷人所抱持的消极的偏见。也许他们确实被生活琐事牵绊，却并不能以此判断他们会心理失衡，会埋怨社会哀叹际遇。他们倒更有可能像被压埋在石块下的小草，因经历过生命的挣扎、风雨的摧残而更懂得如何珍惜生活，如何以坚韧的品格去面对跌宕起伏的人生。他们甚至可能拥有更乐观积极的品质，只因一个最简单的理由，他们需要奋斗。同时，她对富人的判断也难免过于片面而主观。诚然，富人不必小心翼翼地为每一天的过活精打细算，但却不足以见得他们的人格品质会与优越生活成正比。他们倒是可能因为不需要任何努力便可寄生于富足的金钱中，而没有机会感受奋进的生活与勃发的活力，也没有机会在坎坷中磨炼自己的意志完善自己的心态，也只因一个最直白的理由，他们无需奋斗。

但是我们都知道，当我们以一个固定的判断标准，以偏见的眼光去看人看物时，更多的是带着感性成分过于主观地使用形容词，并且也只有形容词，任意加之于那些在意识中已经被根深蒂固的"认识"。所以有些人对许多事物的认识只有"好"或者"不好"。我们在自身的成长中难免会因为一些经历而对一些特有的人、事形成主观看法，并以一种封闭的姿态，不再尝试去探究是否还有自己未曾体会到的另一面，进而不断地去固化这种认识。所以逐渐在认知里，许多东西都只具备形容词形态，好或坏、完美或糟糕。而其实我们自身有

限的经历又能让我们看到了多少，了解了几许？也许越是以简单面貌
呈现的事物，越是可能有说不清道不明的绵延内蕴，我们无论如何都
仍然要以开放的姿态不断去了解，轻易不要画句号，摆标准。对人对
事可以有很多类型的词汇来表述，以此增加我们对他们的探索和认
识，比如也许，比如为什么。

　　像幼怡这样会对人对事形成偏见的原因何在？最容易让人们形成
偏见的是印象深刻的经历。经历让他们总结出是什么样的人导致了事
情最后的结果，这样的人应该被建立为哪一类的人群，然后以此为基
础逐步搭建起对"这一类人"的认知图式。尤其当他们发现这样的总
结归类认知确实能够被一定的实例所印证，而且这样去简单划分群体

不但较"容易"看到对方的优缺点，还能使自己更有针对性地与不同类型的人相处，谋取所需的利益。心理学动力理论认为，这种刻意的划分还可以看作是一种替代性的攻击，由个体内在的紧张心理环境引起。就如幼怡，她贬低了穷人的地位与分量，实质上就是通过自己的意识攻击了"这类人"。幼怡回忆说自己在进入职场成为白领后，曾以真诚的姿态结交了许多好朋友，不轻易以贫富划分，但是在一次工作中出现了一个很大的失误，她拜托了许多朋友都无法解决，最后是一个"富朋友"帮忙的，并且事后说了一句让她觉得"醍醐灌顶"的话。他说，不是什么人都能给你带来帮助，因为只有其中一部分人有

工作遇到麻烦事。

穷朋友爱莫能助。

富朋友举手之劳。

富朋友＝天使　　穷朋友＝魔鬼

能力帮助你，其他人只会和你分享你的成果，而不能和你共担你的麻烦。这句话影响了她之后的交友取向。但是后来由于自己最好的朋友对自己的交友方式提出了异议，让她有些纠结自己这样的区分究竟是好是坏。不难看出社会学习也是影响个体产生偏见的一个重要方式。

同时，偏见是属于一种片面或者偏激的认知，父母对孩子的养育方式以及教育风格都影响着孩子认知风格的形成。

偏见会让人像幼怡一样失去更多的朋友，尤其在交友这个范围内，身为职场白领的幼怡如何让自己走出偏见的怪圈，我让她尝试以下一些做法。

首先得调节好自己愤愤的情绪，不要再将自己碰上的问题简单、粗暴地加诸任何无辜的"群体"上，好友的离去未必是某个"穷鬼"的教唆，不但要消除"穷鬼"这个核心偏见，还要逐渐将问题的重心回归到自己身上。

建议多阅览书籍，从书籍的描述中体会到穷富只是站在金钱这个单一的层次，而人是多层次的。再逐步从不断的学习中提高自身的辩证能力和修养。

最后一点也是最重要的一点，我让幼怡先走进那些被自己刻画成颇为丑陋消极的"穷鬼"中去。去感受他们的喜怒哀乐，真实地见证不是所有财富上不宽裕的人就一定如她所认识的那样堕落而具有毁灭性思想，也许他们身上焕发出更多精神上的光彩。或者就算有一些人确实如幼怡之前所认识的那样，也不要再如此浅薄地区分归类下定义。财富只是评定一个人的其中一项指标，无论穷富，他们都值得你以更包容的心态去看待。

幼怡，希望你在未来，不再简单以"富有"这样的形容词为标准，去寻找真正属于你的完美友谊。

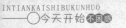
WUJIE RANGWOYUMEIHAOYUANFEN CAJIANERGUO
|误解 让我与美好缘分擦肩而过|

    Andrew是含着金汤匙出生的富二代，却从未松懈学习，能力不凡小有成就。他是那种被形容为绩优股，并且还有无限上升潜力的优秀职场人士。最重要的是三十出头的年纪，单身未婚。在这个"剩女恐慌"时代，Andrew无疑是绝大多数女性心目中理想的人选。

    于是，Andrew不但在职场上有地位，在婚恋圈子里也有了高度。他可以以俯视的姿态挑选自己未来的伴侣。他说，你以为我很享受吗？乱花渐欲迷人眼，关键不是花多，而是被迷了眼的人，错失了美好。

    Andrew说第一次与她见面是相亲的方式。很老套的那种，还很无厘头。她竟然是顶替自己的好友前来相亲，好友已有意中人，但无奈都是家长介绍不好贸然拒绝，硬着头皮请她帮忙做代班女主角，任务就是负责搞砸相亲。这完全是肥皂剧的情节，没想让他碰上这般真实上演。

    她很特别。她一坐下来就开始指手画脚地点评Andrew身上的名牌。在某种程度上Andrew说当时自己很反感，尽管知道这个物欲横流的社会婚姻在某种程度上的确是交易的筹码，但总不至于第一次见面就如此摊开在桌面上，让他觉得自己不是一个人，更像一块手表或一套西装，待价而沽。人，总归是要讲点感情的，可以不如想象中的轰轰烈烈，但是不至于如此鱼肉自己的感情。Andrew说自己实在没有兴趣和一个把他当作一块金条的人说话，便无奈地陷入了中场尴尬。但是突然发生了一点小插曲，而她相当机智地解决了问题，而且还对事情进行了逻辑严密的分析，不似一般普通女生的理性。Andrew喜欢看侦探推理小说，便与她以此为话题展开了讨论。女孩好像忘记了自己此行的任务，兴致勃勃地与Andrew畅聊他们共同的爱好。

临了，无厘头的事情又再次发生，女孩忽然从刚才沉浸的侦探世界中回归，发现自己似乎偏离了任务目标，突然冷下脸说自己还有一场相亲，希望Andrew不要太介意两人无法实现双方父母愿望，便带

含金汤匙出生，能文能武。

单身未婚，备受瞩目。

别走……

试鞋子就想穿着走？买还是不买？

着些仓皇离开了。Andrew难得遇上这样让自己牵挂的女生，多方打听知道了女孩相亲的真实情况，但是他不介意。如他之前说的，他要感情。于是便开始对女孩展开了追求，也是他第一次对女生的追求。

"说追求好像也不是，因为我不想太贸然地给自己的情感下定论，也是对自己对她的情感负责。我只是希望和她多接触多交往，如果真的能够走到一起那自然最好。"话至此，他的面色看起来缓和而幸福。"真的没有想到，我会对一个人如此牵挂。她真的把我迷住了，虽然她有时候会很孩子气地表达情绪和情感，但是又会很严肃理智地与我分析问题。她充满了神秘感，"他不经意地叹了一口气"真是因为这种神秘，让我抑制不了自己对她怀疑、误解……我觉得她有时候也像那些只看我的物质条件的女孩。我送给她一块价格不菲的手表，她很欣喜地接受了，其实我以为她是不会那么轻易接受这样贵重礼物的，但是她很爽快。我并不是计较东西的价格，而是我会不能自控地朝那个方面去想，她就是因为价格昂贵所以才……我们分开了，因为我。后来她的好友和我说，她仔细收藏着一次玩笑中我送给她的可乐拉环戒指……"他把脸埋进手掌中。

误解，Andrew与女孩的缘分就此结束。他在见面之初其实便对女孩大胆的言语心生罅隙，尽管之后与女孩相谈甚欢，让他暂时忘记了女孩一开始便触他敏感点的事。但是不难看出，他是爱着女孩的，只是他理智的大脑不允许他冲动作决定，轻易给一份感情许下诺言。虽然他知道女孩是因为演戏而刻意表达了他不喜欢的东西，但是关键不在于女孩表达了什么，而是表达的东西真是Andrew的敏感点。也许如他自己说的那般，乱花渐欲迷人眼的重点不是花多，而是人眼被迷。被迷住了双眼，同时陷入了感情的他略显焦躁，无法镇定自若地用双眼看到女孩内心的想法。

误解的发生有不同的原因。通常情况下，本能让我们在最短的时

有时候觉得她天真无邪。

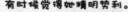

有时候觉得她精明势利。

你在干什么？

我要看你到底是天使还是魔鬼。

你不会用脑袋想，用心来感受吗？

人家初恋没经验嘛……

间内以惯用模式去思考解决问题，有时候难免忽略了结合新事情的具体情况加以区别分析，由此误读了新情况中透露出来的不同信息。因为自身已经预设了对人对事的解读，并坚持自己的观点，当人、事摆在面前时，会略显强硬地将现成的解读套在只是类似的事件或者人身上。之所以会如此套解类似问题，可能是由于对方是自己不值得或者不愿意甚至不敢去相信的人，为了防止对方对自己的伤害，倒不如先让自己击溃对方，尽管这样也许会伤害到对方。但同时也有可能是因为自身就是一个对人、事信任感相对偏低的个体，就算对方再如何表达真诚，他们也不敢轻易放下防御轻易相信他人，仍旧按照自己的思

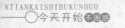

路去解读对方的行为，去误解别人的诚意。这样的情况属于人对于外在事物的认识偏移，导致了人的误解。

　　相对存在另外一种情况，事物不以它本真的面目呈现，而是因为受到诸多因素的干扰，以一种模棱两可的姿态呈现。可能包含有其真实的面目，也可能同时涵盖了几种不同类型的姿态，当然也有可能完全背道而驰地呈现。这样我们在难以作判断或是判断力降低的情况下，只能凭借肉眼或是一些不够完整的信息去解读，误解发生的几率也就大大增加了。这是外在事物与人发生了相对偏移，也会产生误解，这种误解相对而言较为难以避免。

　　Andrew是哪种情况呢？就他自身而言，他更偏向于第一种误解发生的情况。因为自己在职场中有地位有能力，他颇为自信于自己的判断力，加之周围的女性个个对他趋之若鹜，目标明确，不是他的富裕家境就是他无量的前途，而他自身恰又反感这样称斤论两的婚姻，索性便在坚信自己判断的前提下，对所有以物质为目的的女孩们套以同样的解读。就他描述的女孩而言，似乎那些看似矛盾的东西也或多或少地催化了Andrew误解的滋生，类似第二种情况下，难以从直观的面目上看到真实的内在。

　　我问Andrew，如果这个女孩真的是为了那些外在的条件而接近你的话，你是否还会再有念头去把她找回来呢？他烦躁地用手扒了扒头发，他说自己可能就是在给自己时间去考虑这个问题，如果这个女孩真的不爱他而爱他身后的钱财，是不是自己仍然可以像以前一样潇洒地转身走开，为什么自己如今会纠结于这个似乎已经答案明确的问题？

　　爱。答案就这么简单。不管对方怎么样，反正自己已经陷入了爱里。这样的情感甚至冲击了自我意识中的那些曾经不能接受的东西。是不是有这么一句话，不是你的标准太高或者太奇怪，而是没有出现那个人，让你已经无法建立什么标准去阻拦你对她的爱。越是没有标准，就越是陷得深。就算她真只是纯粹爱着你的钱财，你也无法阻止自己不去爱她，这就是人们常说的，爱情本来就是一个人的事吧。

我建议Andrew大可不必如此纠结，应该放开脚步去把这段至少目前在他看来颇为美妙的缘分追回。谁也不知道结果会怎样，但是如果不去争取回来，就只有一个结果，抱憾。并且为这段无疾而终面目模糊的感情，无端地增加许多美好的臆想，给自己增添情感负担不说，甚至会影响到自己接下来的恋情。

对待误解最好的方法就是让自己勇敢地去接近误解，尤其明知是误解的情况下，把自己为何会产生误解的原因以及自己现在后悔的心情呈现给对方，彼此共同交流究竟这样的误解更倾向于何种类型，双方往后都需要注意些什么。误解是可以避免的，就像现在，其实相信Andrew不会简单因为女孩保留了可乐拉环戒指而完全消除他心中的推测，那就更需要他走进真相，触摸本质，不要给自己预设太多的想法而影响自己的判断。更多的继续接触，给彼此一个机会，哪怕不是误解又何妨，你不去经历一次，终究只能报以想象，它便真的越来越具有生命力地控制着你的思维你的情绪。

Andrew，若真是追不回，拿不起，便只能看开，许多人亦是有缘没分。千万别因噎废食，错过真正属于自己的花期良缘。

ZAIWAIYILAILAOZONG
ZAIJIAYILAILAOGONG
|在外依赖老总 在家依赖老公|

苏珊说，来咨询是老公的意见，包括预约都是老公一手包办的。她抬手看了看手表，向我询问大概需要多长时间，以便电话通知老公来接她。

其他的部分或许可以解释为苏珊很忙，但是为什么咨询是老公的意见？

"其实我自己也不太清楚。我觉得好像没什么问题吧。"她用征求的眼光看着我。

"目前我也不好确定问题出在哪，或者说看不出你的老公给你预约咨询的目的是什么。"

她进来不过五分钟时间数次提到她的爱人，至少能反映这个人在她生活或者说在她心里的地位。以她最关心的人或事入手也许能有一些发现。

当我向她问及这个话题时，她的脸上流露出小女人娇憨的神态。她说自己和爱人的关系特别亲密，很喜欢这种可以有个人让自己安心依靠的感觉，而且自己也非常需要这种有个人让自己依赖的感觉。

不知道为什么，看着她沉浸在自己的描述中时，我想到了她刚才看我的眼神，征求的眼神。

"你对你老公的依靠，是所有的事情吗？还是你也会自己作主一些事情？"

"我几乎所有的事情都听我老公的！我觉得我没法给自己做主什么事情，我做不好的，而且我老公那么棒。"她看了看我，"我同意以夫为天这个观点。你认为呢？"她又一次用征求的眼光看着我。

"不管怎么样，我尊重你的观点。那么家庭以外呢？家庭以外的事务你会自己做一些决定吗？"

"这个也不需要啊，而且就算让我做我也做不好。在公司就是听上级的指挥，虽然我在公司工作有一些年头了，但是我还是不会主动去决定任何事情。公司无小事啊，出了什么问题我哪担当得起啊。"

"那么你在没结婚、没工作之前，你的事情由谁来决定？"

"以前……也是大部分由父母做决定。"她不确定自己是不是说了什么，眼神有些无助。

"'大部分'的意思是你还是会有自己做决定的时候对吗？"

"嗯，以前会有，现在不会了。以前刚进入社会参加工作的时候，我也尝试着告诉自己从今往后得学习怎样自己处理问题了。但是后来遇上了几个问题，我……我都没处理好。我想我已经尽力了。"她低下头"我觉得我还是适合依靠别人拍板决定。还好现在在公司不需要我决定什么问题，大小事我都会请示我的上级。在家当然就是依靠我的老公了。我想虽然我没有本事，但是我还算是幸运的，能遇到可以让我安心依靠的人。"说到着她的表情稍稍缓和下来。

那么如果没有遇上呢？这将是我针对她延展深挖问题的角度，因为在她的意识中她有足够理由支持自己目前的做法，所以她不觉得自己有问题，甚至还是幸运的。对于这种让自己沉浸于现状而不察觉或是刻意回避"不定时炸弹"的人，提前将他们暴露于最坏的情景中，他们也许才能从那种最低谷中燃起抗拒的勇气，与那个心里的自我图圈的核心观念做斗争。

不出所料，苏珊告诉我，她完全没有想过万一自己没有遇上可以依靠的人要怎么办。潜在的意思是不管怎么样，总是必须要找到可以依靠的人，关键不在于这个人是否可以依靠，而是自己必须要依靠这个人。我反过来问苏珊，如果你现在依靠的人离开了你呢？她第一次以坚定的神情望着我，不可能。

她坚定的"不可能"包含着两层含义，对于苏珊这样的有比较明显的依赖倾向的人而言，不是说他们肯定了对方的不可能离开，而是肯定了自己不可能离开依靠的人。如果有人向他们提出依靠的人离开这种情况时，他们多会有两种表现，一是立即崩溃于这种无法承受的情绪灾难，并让自己在尽可能的情况下抓住眼前任何一个可以依靠的人，如前面说的那样，不是这个人是否可以依靠，而是他们需要眼前的这个人，在他们的想象中变得可以被依靠。二是如苏珊那般，尽管看上去他们会寻找任何一个人成为他们的依靠对象，但是其实他们并不是完全没有主见，至少在需要依靠人这件事情上，其实他们的内在有深刻的认知，坚定地清楚自己绝对不会离开那个可以为自己所依靠的人，哪怕遭到对方的抛弃也会不惜一切代价委曲求全。

与第一种情况相比，后者的依赖程度要稍显轻微，大多数是源于后天的自我认知过程中遭遇到的否定事件，构建起消极的自我概念，

请检查签收文件。

上次拆开来看被老板骂了一顿……

你看着办！

老总，签收文件……

大姐，我只是个送快递的小弟，你已经折磨我四小时了……

进而发展为行为上的倾向。但是多少都有依赖型人格因素作为根源，影响着他们最终发展为对周围人的过度依赖。其实也有不少职场白领会有类似苏珊的情况，他们在工作中遭遇到了挫折，受到了来自工作体系中的否定评价。就像苏珊说的，无法做决定，担当不起。不但害怕需要承担麻烦问题背后的责任，更惧怕自己会因此遭到公司的炒鱿鱼，被公司"抛弃"。于是他们开始让自己大小事务都请人定夺，也逐渐尝到了可以推卸责任以及避开要害的甜头，他们要的不是如何在公司中在事业上大展拳脚，他们要的只是不被"抛弃"。这种在职业中不求表现、不求施展，万事依赖别人的自我能力抹杀，会使他们失去乘风破浪的机会，但更重要的是能让他们躲避在自己脆弱的巢穴内，以无助的姿态寻求任何一个能够为他们工作拿主意做决定的人。

他们是绝对的以守代攻而不是以守为攻。为的是守住自己孱弱而轻易便能被毁灭的自尊，他们认定了自己是"扶风弱柳"。他们不同于鸵鸟男的简单回避，他们在心理趋避的同时，还在积极地寻找可以为自己解决问题的依靠对象。

可是我们都知道，这个世界谁完全依靠得了谁，谁又真的离不开谁呢？包括你依靠哪个人的这个决定也还是得自己做不是吗？年幼时期我们在父母宠爱下成长，我们以为自己是绝对离不开这般无与伦比的脉脉亲情，离不开那双温暖的手，离不开每一句温柔的叮咛。当我们走进学校时，我们同样受到了老师的关怀，我们以为我们不能没有这样无微不至的教导。我们战战兢兢地走向社会，欣喜地走上来之不易的岗位，我们以为我们不能没有这个赖以生存的饭碗，于是小心翼翼地捧着它，谦卑地接受任何一个建议，并让自己严格执行。这种越来越多的依赖行为让人感到自己越来越无助也越来越不能离开那个被依赖的人。但是我们都好好地走到了现在不是吗？我们都离开了一个又一个我们曾经认为不可能离开的依赖，父母是成长的依赖，老师是

教育引导的依赖，公司是生活保障的依赖，它们是不同类型的依赖，这样一来问题就显而易见了，不是不能离开那些被依赖的对象，依赖的只是依赖本身这件事。

苏珊问我，那么我该怎么办？这个问题许多求助者都会问，他们大多为无奈，因为没有具备专业知识解决问题，但是苏珊更多的是习惯。我要从纠正她这个习惯开始。

我告诉她努力从自己的生活以及工作中找出自己可以做决定的事情，不要下意识地反应自己没有可以独立做主的事。将这些事情分等级进行强化，从最简单的。自己最能控制的事情开始。自己最能控制的事情尤其体现为当环境或者条件不允许的时候，还会坚持去做，或是让自己努力坚持继续这件事。这件事尽量不要牵涉太多人，尤其对她来说最重要的爱人和她的上级领导，可以是一些琐事，但是要让她从坚持做主自己一个人完成的事，逐步自主自己。

　　然后再找出自己虽然有一些想法，但是因为习惯和不够肯定而不想去尝试完成的事情。和之前的事情相比，这个程度的事情毕竟也有自己的意愿和想法在内，说明还是有一些自己的见解，只是缺乏尝试的勇气。如果这个时候自然想到找寻可以依赖的目标，希望听从他人的建议，便可将别人的建议记录下来，并克制自己完全接纳的习惯，分析别人的建议中对于自己而言是否合适，进而对不合适的地方进行修改。这个地方尤为注意，修改自己认为不合适的地方，对惯于依赖的人来说，不是简单的自我表达，而是表达后的责任承担。所以当意见修改后无论成功与否，都给自己一个鼓励，无论如何我已经走到第二阶段，已经有了很好的尝试。

　　最后就是那些会牵涉到多数人，并意味着甚至要承担大家共同责任的事情，这样的事情对苏珊来说几乎是不可能不去依赖别人的。衔接上一个阶段的能对他人意见加以适当修改后，可以开始尝试着在遵循别人决定之后以"马后炮"的姿态提出自己的观点，完整的，尽管没有践行的机会，逐步再在类似的情况中开始扮演小角色，呈现自己观点中的一小部分并争取机会去实践它。再以此扩大自己力所能及的范围，让自己慢慢脱离依赖的习惯，发展成为没有依赖的需要，也没有依赖的必要。

　　苏珊说，那我就从自己打车回家开始吧。

CEO：WOYINGBUYINGGAIANPAIHAO
ERZIDERENSHENG

|CEO：我应不应该安排好|
儿子的人生

　　她在挂掉第五个电话之后，索性把手机关掉，并嘱咐等候在外的秘书一个小时之内不要来打扰。她调整了一个坐姿，抚弄了一下衣服上的褶子。那是一套剪裁精良、质地考究的高档套装，优雅的藕色带出她干练中的一丝柔软。她叫Judy，一家大型建材公司的CEO。

　　"我了解过你们心理咨询行业，我知道你可以帮助我和我的儿子。"她话语坚定而简洁。

　　"尽我所能。先说说你的问题吧。"来求助的人通常带着许多人的问题前来咨询，他们有时候分不清究竟是自己的问题抑或是别人的问题。有些人会把自身的问题加诸其他人身上，而有些人则喜欢把别人的罪过套在自己身上然后没休止地自我折磨。

　　"我希望根据我的能力和设想去规划我儿子的前程。首先我有能力送儿子到美国去读高中、大学、研究生甚至博士，只要他能读下去，我完全可以让他享受衣食无忧的生活，我还愿意出资赞助他的相关研究。"她食指交握，两肘靠放在沙发的扶手上。"他的专业必须是我干的这个建材行业。现在在国内引导建材工业发展方向的是研究开发降低环境负荷和有益健康的生态建材，但是我们的研发始终走在别人的身后。我不是指望他一个人能改变国内行业发展进程，我只希望他能以高端人才的身份来接我的班。"她眼光锐利，言辞强势。她看

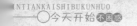

着我，就像看着谈判桌上的对手，希望对方在自己严密逻辑的说辞下采纳她的意见。

就在我准备开口说话时，她继续说道："刚才那个是我的问题。现在说我儿子的问题，他的成绩还算可以，但是绝对够不上能够读国内最好大学的水平，而我有条件给他接受更好的教育，但是他不乐意。我的班就是等着他接的，让他选择这个专业，他也不乐意。他说自己的问题还没有思考清楚，他一个高中生懂得思考什么问题？他甚至说自己也不乐意到我的公司工作，简直不可理喻！那我和他爸爸打拼下来的家业要交给谁？这么简单的道理都不懂还说什么自己要

你在做什么？

折纸飞机。

我的儿子必须玩高级飞机模型，而且还要了解飞机的构造。

过来，不要踢脏兮兮的皮球。

我的儿子应该穿戴整齐得体。

思考。"

"那么他有没有提过他想从事什么行业呢？"这个年纪的孩子应该已经过了单纯逆反的时期，如果他至少交代得清楚自己的想法，那么他们的问题更多地需要与这位总裁妈妈探讨。

"简直就像一个天大的笑话。他说自己想当一名教师。我的天！"她揉揉眉心，"我和他说了，这句话我不想再听到第二遍，再说我也会当作没听到，只会让我更坚定我的决心。不能让他这样天马行空地胡思乱想，到时候想扭转都扭转不过来了。"

"那么关于您儿子的问题，他父亲的意见怎么样？"我并非想看孩子父亲的意见究竟是支持还是反对，我只是想借此了解他们的家庭结构形式，从Judy这里来看，她绝对不是以民主方式来处理家庭问题的母亲。

"他父亲，常年在国外。是我安排他过去的，公司需要有驻海外办事处的管理人。这个问题他倒是经常和儿子单独聊起，倒不怎么和我商量。他在儿子的这个问题上不表态，只是说尽量给孩子成长的空间。"她抬抬嘴角，"空间？等他在所谓的空间里挣扎够了，时机就过了。安排好的锦绣前程放着不走，非得往崎岖山路上摸爬滚打？我们都是苦过来的人，他是不知道什么叫做煎熬。好日子过多了搞不清方向！"

显然，这位女CEO打算像安排员工工作岗位一样安排好自己儿子的人生道路，甚至也许还会安排好他的婚姻，以及他儿子的儿子的人生。也许这样被安排好的人生在不同人眼里有不同的解读。有些人目标清晰，奋斗力十足，自然会拒斥别人对他即将走上自己追求的前程多作干涉。有些人摸爬滚打却始终找不到出路或是仍然迷茫于人生渺渺的方向，对于被安排好的路程自是欣喜万分，能让自己从暂时的黑暗中解救出来。所以安排与被安排不能单一地解读为好坏，一臂之力或是毁灭打击。只能说有些人适合，而有些人则有志找寻属于自己的明朗梦想。但是在Judy这样的职场成功人士眼中，也许他们职业的习惯或是职业磨炼下的性格使他们较为自负地站在自己的角度以领导者的姿态，拍板最后的决定。企划书的最后决定、工作规划的最后决定、大型合作项目的最后决定、人事安排的决定甚至自己周围亲人人生的决定。

　　他们认为自己站得足够高，看得足够远，他们还有足够多的坎坷历练，最重要的是他们有多于其他人的成功经验。于是他们的经验和头脑告诉他们，完全不需要再去征求其他人的意见，尤其是那些见识浅薄、没有什么成功经历的人。也不需要让这些人以自己的思考去认识问题，进而实践自己的想法。这在他们这些成功人士看来，是一件浪费彼此时间和精力的事。因为这些人再怎么深思熟虑，想法失败的几率要大于成功的可能性，始终不如直接由他们这些成功人士来直接做决定以避免无收获的结果。

　　当这样的心态面对自己的家人特别是孩子的时候，表现得更为淋漓尽致。他们惯以自己精准的目光、精湛的头脑、精确的行动为孩子操办好一切事务。当孩子在年纪尚小时，自然会无条件接受，但是当孩子开始有自我的思考时，他们会开始懂得拒绝和反抗。但是对这些职场精英家庭核心而言，这是不会轻易被他们接受的，因为在他们看来他们的出发点甚好，一切都是为了孩子。并且他们绝不认为自己是家庭核心，他们可以主宰家庭成员的人生走势，但是这些是他们花了许多精力费了很大代价换来给予家人的。家人只需坐享其成，安然踏上他们辛苦铺设好的道路即可。这一切都是为了自己的家人。

　　或许从某个角度来看，他们这种完全以自我的方式去"为了"孩子，更像一种变相的对自己的爱，因为他们没能站到更广阔的角度体会如何才是对孩子的爱，对家人的关怀。而是过于独断地以自己的方

式去表达，并严格要求别人执行他们的安排，因为他们只认可自己的东西，他们更愿意承认自己的才干而忽视了别人的需求。

Judy说老公是被她安排到国外的，可见他们的家庭模式是一个三角形，她高高在上指挥一切，丈夫与儿子处于同一层级，被她压制，受她控制。于是丈夫就孩子的问题上更多的只是与孩子交流，与Judy则只能是下层向上层的汇报，没有所谓的商量，于是他在孩子的问题上并没有过多地表态。孩子在这样的家庭格局，这样的教养方式，这样富足的家庭生活条件下，竟然能如此勇敢地提出自己的想法，并以实际行动在抗衡母亲的安排，无论他是否真的明白自己的选择意味着什么，他都是可赞的。

我向Judy明确表达了自己的看法，首先我需要引导Judy去肯定儿子。恰与她说的"好日子过多了搞不清自己的方向"相反，她儿子是不但没有让自己溺毙在富足的物质生活中成为寄生虫，还能提出自己构想的独立的人，随便一个什么行业，只要能独立便可。这个年纪，这般姿态其实已经不输作为职场精英的母亲，他不但能对拥有强大力量的母亲提出异议，还能为自己有所安排，这不正是他从自己母亲身上学到的最成功的一点吗？能妥善安排好自己想走的路，接下来就需要身为母亲的Judy用鼓励的态度引导孩子一步步踏上他追求的道路。

其实最紧要的不是他将走上怎样的道路，而是以他能为自己做好规划为起点，培养他如何在实现目标过程中不断提高自己各方面的素质能力，锻炼处理解决问题的智商，磨炼待人对事的情商。哪怕他最终没有走上Judy为他安排好的人生道路，但至少他将会以自己的才干走出属于自己的精彩人生，这才是身为一个母亲最大的成功和最饱满的幸福。

同样在对待自己的丈夫这个问题上，她也需要在讨论家中事务的时候，卸下CEO的光环，以妻子的身份与丈夫商量问题，而不是指挥作战。丈夫是家庭中的角色，可以以另外的身份融入他们共同的事业奋斗中，但不能强硬地要求丈夫这个家庭角色必须成为自己扩展事业版图的工具。就算彼此真的能成为职场上并肩作战的盟友，也要努力尝试把各种角色好好区分。在家也总顶着CEO的高帽，相信不但Judy自己会混乱于家庭事业之中，丈夫也会无法承受这样的多重压力。

以此延伸到职场上的各种事务当中，不要总是强势地要去为身边的任何人、事拍板，涉及公司重大利益的，自己职责范围内理应担当重任，但是涉及员工自身事务时以朋友的身份给予建议即可。在一些有变动发展空间或者涉及利益不大的问题上，可采用对待孩子问题的处理态度，CEO需要的是给予员工成长空间，让他们在过程中培养能力，而不是事无巨细全权由自己一锤定音。

Judy，你是拿着锤子的人，只是锤子的落点得有选择有考量。

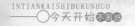

QINREN AIREN YOUREN WEISHENME
NIMENJIYUDEGUANZHUNAMESHAO
亲人 爱人 友人 为什么你们
给予的关注那么少

　　Caroline看上去并没有她自己说的那样糟糕。用她的话说，自己现在活在一个缺爱的密闭空间里，就像失掉了本来就不多的氧气，每一丝呼吸都是一种难挨的痛，都能切切地感受到那些苍白稀少的爱转瞬即逝地游离在周身。不够，真的不够。

　　Caroline身着象牙白棉衫和海藻绿亚麻长裙，纤细苍白的脖子上缠绕着一条看上去奄奄一息的荷花粉围巾。看上去就像文艺小说里的女主角，这一直是她最喜爱的装束。她有着相当敏感的神经，并能敏锐地捕捉适合的文字去呈现这些稍纵即逝的感觉。尽管这些感觉很缥缈，可是她们这样的文艺女青年却乐此不疲，她们有自己的精神生活层面。又因为有时候过于关注这个层面，整个人便由外及内地略带"文学气质的神经质"。她们会尽量语言化，放大化那些轻易不被人察觉的抽象。

　　"'缺爱'的感觉从何而来？"

　　"很突然的感觉，发现我的朋友，我的爱人，甚至我的亲人，我觉得他们都不怎么关注我了。至少不如以前那样关心我，否则没有比较，我是决计不会知道我身边的爱是多了还是少了。"

　　"那么最近的生活发生了什么变化吗？"如果不是发生了什么大的生活事件，这突如其来的感觉缺失又将另当别论。

　　"要说最大的事，应该就是我换了份工作吧。原来在那间小公司做了几年，安然而不觉地走到了三十岁的尾巴，好友邀请我加入他们公司。他们是做文化产业的，我在部门里就负责做文字编辑工作，我以为我是喜欢这种工作的，但是显然，"她幽幽叹了一口气，"不如我想象得那样热衷。"

　　"怎么说呢？是对工作本身失去了热情吗？"

　　"我喜欢文字。但是我不喜欢美丽的文字被装载在这样的容器中。他们总是只追求市场效益，公司里同事间尔虞我诈。文字只是一个工具，赚钱的工具，甚至是人际械斗的武器。那么多才华横溢的作

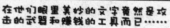

者递交上来的稿件，被他们按照自身利益的诉求践踏得一塌糊涂。"她的眉头越皱越紧，甚至右手轻轻握成了拳状。"我以为自己会进入到一个为了共同梦想而一起奋斗的温暖集体，谁曾想却是这般的冷若冰窖。感受不到同事间的热情，体会不到工作上的激情。还不如我待在那个小公司的好，虽然收入不高，但好歹大家相处融洽。"

"那么你现在是不是在工作上感觉不到自己对它的热爱，在职场中也体会不到人际之间的情谊？"

"嗯，差不多是这样。"

"所以，你才会想要到你的亲朋好友中去寻找这种爱的缺失，弥补情感上的空缺。可以这样理解吗？"

"我没有去寻找。而是他们给得少了，让我体会不到。生活中最重要的几大组成部分，工作、家庭、朋友，我觉得我处于缺失状态。"

"或许你可以这样理解，不是他们给得不够，而是你的要求相对提高了，就显得他们给得少了。"

Caroline看着我，表情似在思索，嘴里不断重复那句话，"要得太多，所以显得给得不够"。

我们身边不乏Caroline这样的职场女性，她们对工作虽然抱有激情，但是这样的激情似乎更多是站在幻想角度，她们理想化了职场能给予她们的情感体验。她们习惯感性地看待周围的每一件事每一个人。

是的，她们是情感丰沛的女人。当她们以不同的社会角色出现时，她们都会有一个唯一不变的诉求，希望能从这些角色扮演中得到她们想要的感觉，爱的感觉。这样的体验是被需要的，也是希望可以得到的。

Caroline在原本的公司中，虽然没有得到太多的工作激情，但却

亲人，朋友，同事。满满的爱。

少了……

我知道怎么对付无病呻吟的文艺女青年……

嘿？红烧肉……

午餐吃红烧肉！

别急，还有很多。

体验到了没有太多斗争的职场氛围中较多的人际情谊，因为没有利益上的冲突，人们和谐而友好地善待彼此。这样能满足她对职场的情感体验和需求，加上生活中的友情、亲情以及爱情，注满了她的情感容器。

但是当她进入这个新的工作环境中时，本来还有来自于工作中的温情体验，现如今却只剩下厌倦厌恶的情绪，它们就像打破了原先容器里的酸碱平衡。不但没有了之前的足够的分量，还多了之前没有的，让Caroline感到不适的刺激，于是她转而向另一方面索取更多情感以期容器中再次达到她需要的平衡和足够的分量。

如Caroline这般的女性，在一些性别心理研究中，被定义为拥有纯粹女性大脑结构的群体，她们认知大多数事情的指标都是感性的，相较男性的理智和严谨而言，她们有时候看上去甚至是幼稚天真的。严格算来，这样的大脑结构是不太适合厮杀于职场的，就如Caroline自感的那样，她无法忍受同事们为了追求利益"蹂躏文字"，为了争夺上位的机会明争暗斗。这些东西在她只会用感官去体会，于是职场上习以为常的规则在她看来显得血腥而残酷，让人反感。正如那些被定义为拥有纯粹男性大脑的职场男性白领，对他们而言，职场的博弈、人际的争斗、权利的争夺、占据统领地位都是具有相当大诱惑力的事情，他们这样阳刚气十足的男性，尤其需要舞台展现他们的能力与实力，于是他们离不开甚至是眷恋这个在Caroline眼里倍感难耐的职场。

所以煎熬的是人，而不是职场本身。它有好有坏，有陷阱有诱惑，但亦是有人爱有人恨。承认它的规则，适应它的游戏法则，希望能够从中实现利益的，自是觉得它有美不胜收的可爱。无法接受的，则会像Caroline那样，对职场充满怨气，还会将那些无法得以满足的情感需要转而向生活中的亲朋好友诉求。她们通常都会自诉为缺爱。

往深了讲，她们是特别有自怜情结的人，她们尽管可能年纪不轻，但是仍然觉得自己是需要被疼爱被关注的对象。任何事情都不能简单地以性质来判定它的好坏对错，女人需要疼爱是理所当然的，但是问题出在需求的程度上。太多的给不起，时间太长的也难挨。当我们成长到一定年纪的时候，我们开始逐渐学会从索取转向给予。等爱的人，永远不及懂得给予的人幸福感来得丰足，但是Caroline这个年纪的女性却仍让自己纠结于得到来自四面八方的爱和关注甚少，从浅层看来可能是由于过多体验到了职场危机感而必须从亲密的人身上感受安全感。再进一步分析，这样危机感四伏的认知可能缘于幼年时期亲密的抚养者的照顾方式。幼儿在寻求亲密照顾者的关注时，轻易便能得到对方的反应，或者恰好相反无论如何哭闹都得不到其回应，两种情况下，都有可能让个体在尚处襁褓的阶段就产生危机感的焦虑，只是每个人的轻重程度不同。

与其让Caroline发现职场中美好的积极面，倒不如先让她直面自己的职场危机感。勇敢面对职场的险象环生，不断地告诉自己，这就是职场的一部分，也只是一部分，而不是全部。尽管一定有美好的东西，但在看到美好之前，我得适应它险恶的一面。世界以万千姿态，美丑景象呈现在我面前，我不能只片面地接受它的美，拒绝看到它的丑，因为我需要它。就如我再厌恶也需要这份工作，谁都需要利益，而不是只依靠空气便能存活。只是谋求利益的方式各异，求同存异本来就是和谐的不二法则。

接下来Caroline可以在接受她所能看到的黑暗之后，努力寻找职场中能够使她为之振奋的亮点。既然她有喜爱的东西是这份工作能够提供的，那么她大可再多花心思去发现甚至为自己创造能让自己乐在其中的工作氛围或者心理安全氛围。

最后同时也是最重要的，学会给予，自己给予自己爱，向身边的人给予爱。我让Caroline在每次脑中浮现"怎么她/他都不关心我？"或者"她/他是不是应该为我做些什么？"这些念头的时候，只需要简单地把这个句子的主语和宾语调换一个位置，变成"我怎么都没有去关心她/他？""我是不是应该为她/他做些什么？"虽然只是一个简单的换位，但是被动地等待却转换成为主动地给予。被动等待未免会让自己感到自己是需要被人怜爱的，是弱势的，是需要被呵护的，但是位置的调换，让自己变成了主动执行的个体，无论从姿态上还是能力上都将会得到自我暗示，我是可以的。可以给自己爱，也可以给他人爱。

亲爱的Caroline，你不但不会缺爱，还将懂得如何更好地爱你的所爱。